SUA EXCELÊNCIA, DE CORPO PRESENTE

VOZES DA ÁFRICA

PEPETELA

SUA EXCELÊNCIA, DE CORPO PRESENTE

kapulana

São Paulo
2020

Copyright©2018 Pepetela e Publicações Dom Quixote.
Copyright©2019 Editora Kapulana.

Grafia atualizada segundo o Acordo Ortográfico da Língua Portuguesa de 1990, em vigor no Brasil a partir de 2009. Em casos de dupla grafia, optou-se pela versão em uso no Brasil.

Direção editorial: Rosana M. Weg
Projeto gráfico: Daniela Miwa Taira
Capa: Mariana Fujisawa

Dados Internacionais de Catalogação na Publicação (CIP)
(Câmara Brasileira do Livro, SP, Brasil)

Pepetela
  Sua Excelência, de corpo presente/ Pepetela. -- São Paulo: Kapulana, 2020. -- (Vozes da África)

  ISBN 978-65-990121-0-5

  1. Romance angolano (Português) I. Título II. Série.

20-35476   CDD-A869

Índices para catálogo sistemático:

1. Romances: Literatura angolana em português A869
Maria Alice Ferreira - Bibliotecária - CRB-8/7964

Edição apoiada pela DGLAB - Direção-Geral do Livro, dos Arquivos e das Bibliotecas / Cultura - Portugal

2020
Reprodução proibida (Lei 9.610/98).
Todos os direitos desta edição reservados à Editora Kapulana Ltda.
editora@kapulana.com.br – www.kapulana.com.br

Apresentação 07

SUA EXCELÊNCIA, DE CORPO PRESENTE 11

Glossário 192

O autor 195

É com grande honra que a Kapulana traz ao leitor brasileiro *Sua Excelência, de corpo presente*, o mais recente romance de Pepetela. É o terceiro livro que a Kapulana publica no Brasil do grande escritor angolano.

Sua Excelência, de corpo presente, de 2018, ultrapassa fronteiras no tempo e no espaço, revelando-se como obra universal e atual.

Em 2019, a obra foi finalista no "Oceanos, Prêmio de Literatura em Língua Portuguesa" e, em 2020, foi o vencedor do "Prémio Literário Casino da Póvoa – 21ª edição do Festival Correntes d'Escritas".

Editora Kapulana

Para a Lwini,
minha neta,
a primeira pessoa a ler
algumas palavras deste livro.

1

Estou morto.
Estou morto, de olhos cerrados, mas percebo tudo (ou quase) do que acontece à minha volta. Sei, estou deitado dentro de um caixão, num salão cheio de flores, as quais, em vida, me fariam espirrar. As pessoas não sabem que flores de velório cheiram mal? Sabem, mas a tradição é mais forte e velório sem flores é para pobre.
Ora, não somos pobres, dominamos uma nação.
Estou morto, no entanto posso escutar, entender os dizeres, mesmo os sussurros e, em alguns casos, adivinhar pensamentos.
Um grupo cochicha lá atrás da multidão. A distância e outros sons e ideias partilhando o éter não permitem perceber a razão das piadas em surdina, ou estarão a conspirar governos e lideranças, ou a prever o futuro. Esses são inimigos há muito camuflados, pois se divertem ao me verem estirado em fato preto no caixão. É cedo para revelar nomes, mas conheço todos e nenhum me surpreenderá. Sempre os avaliei como hostis, ou a minha polícia política não valeria os altos salários sempre providos a tempo e alguns presentes caros pelo Natal. Deixei-os intrigarem durante anos, eram inócuos. Sem mim na tribuna, talvez ganhem alguma força, daí a alegria deles. Ou o que virá para o meu lugar dá cabo do seu pescoço com um assopro. Uma coisa é certa, no momento do meu enterro, também se prostrarão em soluços, alguns até se ajoelharão, em gesto de órfãos desamparados. E cantarão saudades antecipadas. De preferência diante de jornalistas e televisões.
É a natureza das coisas.
À minha frente está a viúva oficial. Continua linda, mesmo de luto cerrado. Sempre a chamei de minha palanca negra. Digam com sinceridade, se acaso me ouvirem, haverá animal mais belo? A minha

palanca mostra contenção, só as lágrimas certas nos momentos certos, nada de gritos, nem arrancar cabelos e postiços, nem rebolar no chão, nem xinguilamentos, como fazem na família dela. Lhe expliquei no princípio da nossa relação, uma primeira-dama tem de ter pose de Estado. Dei exemplos, fui pedagogo, era o tempo do amor e da paciência. Ela aceitou, abandonou hábitos e falas que aprendeu na casa da parentela. E cumpriu todos os rituais do Estado. Até na minha morte. Triste, preocupada, a fazer contas de como vai ser o futuro, nada nunca está realmente assegurado, nem para ela nem para os filhos nem para a enorme estirpe, gulosa de poder e consequentes regalias, mas as preocupações, os medos, as raivas, tudo deve ficar dentro de nós, nem um músculo fora do lugar, nem um esgar, nem um olhar furtivo, marcas de fraqueza. Quando morre o leão, a leoa e as crias continuam a rugir, desafiando o futuro. Só assim serão respeitadas, porque temidas.

A lei da selva? Isso mesmo lhe ensinei.

Ela aprendeu em que matos se meteu e eu antes dela. Tive de afiar garras, ela também. Mas devo confessar, saiu uma discípula superando o professor, daria um ótimo substituto, caso tivesse vontade. Nunca quis se envolver demasiado nos jogos de poder, pelo menos de forma visível. Não cavou o seu pedaço de chão para lançar os caboucos de uma carreira, não cortejou outros dirigentes ou se dignou sequer lhes pedir qualquer coisa. Oferecia, apenas. Não a eles. Escolheu a parentela e amigos, alguns, para suas prebendas. O povo, que a adora e me teme (ou antes, temia), não vota para escolher os responsáveis, os promotores de candidatos às ascensões. Só um punhado de dirigentes decide, gente peneirada por mim no fio dos anos, negociando algum nome ou cargo com outras forças a apresentarem por vezes cara mais fechada, a deixarem transparecer ameaças tênues de vingança futura. E esses promotores nunca ouviram uma palavra dela a dizer, eu também poderia aparecer nesta ou naquela lista, se me escolhessem era capaz de aceitar, pensem no assunto. Nunca se dobrou perante os outros, suplicando favores. Daí a minha morte ter acontecido demasiado cedo para ela pôr com firmeza os pés na escada do poder, ficou apenas pelo primeiro degrau, onde aliás sempre disse se sentir verdadeiramente confortável. Degrau que entretanto arrisca perder. Mas alguém neste momento pode afirmar, está fora da escada e se percebe nela o medo provocado por essa débil posição? Dizer pode, mas será uma profecia aventureira, pois ela não mostra medo de nada. Mesmo a mim, que a conheço tão bem, que a moldei e desvendei. Sem adivinhar a minha capacidade de sentir, consegue esconder de mim os seus temores.

A minha primeira-dama é mesmo uma bela e nobre palanca. Agora que já nada me podem fazer senão atirarem por maldade o corpo para campo raso em contraponto a um imperial mausoléu, posso reconhecer um segredo sempre sabido mas resguardado: ela merecia mais de mim.

De um lado e do outro dela se postam os nossos filhos. Os oficiais. Os maiores denotam nervosismo e tremeliques de órfãos, enquanto os kandengues, fartos de permanecerem de pé à minha frente, desocultam a vontade de correrem para as cadeiras que lhes estão destinadas. O protocolo de Estado colocou uma fila de cadeiras ao longo das paredes de um e outro lado, para os parentes e mais próximos amigos se sentarem e receberem os pêsames dos milhares (espero) que virão prostrar-se ou apenas olhar de frente o meu caixão. Poderiam ser dezenas ou centenas de milhar, milhões mesmo. Não me cansaria. Ninguém nota o cochilo de um morto, se a multidão o sonolenta. Além disso, faz bem à alma a visão de rostos tristes porque um tipo vai embora.

O calendário é rigoroso, marcando todos os passos e o horário inclemente de um funeral de Estado. O pessoal do protocolo já está muito treinado nestas coisas, nada vai falhar, tenho confiança.

Só é pena os dignatários estrangeiros, salvo uma ou duas exceções, se fazerem representar nas cerimônias apenas por embaixadores ou meros cônsules. Os sacanas eram amigalhaços quando o país estava forte e esbanjava compras e presentes. Vinham, diziam eles, colher de mim a sabedoria de uma longa gestão, descobrir o segredo que gostariam de copiar. À saída estendiam a mão, não para o habitual cumprimento. De palma para cima, por vezes uns desavergonhados estendiam mesmo as duas palmas. Lá recebiam uns ouros ou diamantes para a viagem. Depois da crise financeira mundial, as visitas começaram a se reduzir, a diminuírem de número e de qualidade, para agora as representações se limitarem a embaixadores. No funeral de um amigo e protetor dedicado! Vinham antes protestar amizades, colher ensinamentos com uma numerosa comitiva de ajudantes e pretensos empresários e lá levavam um contrato para uma empresa falida, deles ou do sobrinho, ou uma parte do nosso exército para combater uma rebelião que eram incapazes de controlar, ou um voto para assento numa organização internacional, inútil mas oferecendo medalhas. O país era por todos respeitado e eu acarinhado, lisonjeado, distribuindo benesses como um imperador dos tempos antigos.

Benesses que nem eram minhas, reconheço.

Houve entretanto uns fracassos em investimentos esplendorosos, talvez evitáveis, umas mexidas imprevistas nos mercados, sobretudo matérias-primas a serem substituídas por outras mais baratas ou mais rentáveis, as exportações a caírem, por consequência menos dinheiro no tesouro nacional, mais dívidas não solvidas, mujimbos de rebeliões e de prisões em massa (falsos mujimbos), aldrabices sobre membros corruptos da minha família, por vezes até a ousadia de deixarem os jornais deles publicarem notícias imaginosas sobre o dinheiro que tenho, eu e familiares, em paraísos fiscais, muita coisa falsa, mas quem não acredita numa boa mentira que destrua reputações?

Até o papa, que devia ser mais lúcido e previdente, chegou a enviar um emissário camuflado para investigar se era verdade o mujimbo de eu ter uma dúzia de bastardos, como um pasquim divulgou. Quando ainda no ano anterior paguei a construção de um dos maiores templos do continente, comparado apenas à catedral de Yamussukro, na Costa do Marfim! Os não católicos até me caíram em cima, pois beneficiava só uma seita, enquanto as deles vegetavam nas necessidades mais clamorosas por não possuírem o ouro enterrado nas caves do Vaticano, como afirmavam. Tive de distribuir também alguma coisa por todos, maldizendo a falta de respeito do Papa por mim. Ainda por cima enviou um incompetente que logo se desmascarou.

Bastardos? Filhos. Sim, muitos filhos dispersos por várias mães. Não se deve deixar tudo para uma. É como o dinheiro no banco, não se põe inteiro numa conta única. Filhos, FILHOS, isso sim. Legalizados com o meu nome, batizados na capela do palácio com a família e a corte completa a testemunhar. Nunca tive vergonha de reivindicar honrosos feitos bélicos.

A minha palanca talvez não gostasse, mas engoliu sempre em seco ou mesmo aceitou, pelo menos reclamações não fez. Estou inseguro neste mambo, o irmão dela mais velho gosta de envenenar as coisas, andava a lhe contar cenas, algumas verdadeiras, outras inventadas. Chegou a fazer recriminações, raras porém. Até o meu inestimável espião-de-um-olho-só descobrir as conversas secretas dele com a irmã e espetar um microfone minúsculo no forro de todas as gravatas. Como o querido cunhado Inácio só tira a gravata no momento de tomar banho, eu mesmo, se quisesse perder tempo, tinha acesso a todas as suas falas, arrotos, gemidos e o resto que se adivinhe. O espião escutava tudo, por isso eu não precisava perder tempo. De maneira que, quando ela me apresentava um candidato "maravilhoso" para preencher um cargo acabado de ficar vacante, eu já sabia de onde lhe tinha vindo a inspiração. Aliás, mesmo sem as informações do meu bófia adivinharia logo, os nomes eram sempre da mesma família, nos seus diferentes ramos, diretos ou colaterais. Curioso, de entre todos os seus parentes, eu só confiava nela e no seu pai, o resto não vale mesmo nada, a indicar talvez muitas infidelidades genéticas.

Ela não se vai sentar? Está há horas na mesma posição. Já os filhos todos se esparramaram pelas cadeiras, até ao lado da palanca negra apareceu o Nhonho, meu filho mais velho e de outra mulher, também se plantou a mãe de dois outros rebentos meus, reconhecidos e ali presentes, foi anunciada a presença de uma outra dama com uma filha que tem o meu sorriso, sempre considerado dúbio, e até chegou uma mboa que não me deu prole mas era uma fúria portentosa na cama, cuja presença provocou alguma surpresa, de onde saiu mais esta?, logo desatendida porque se encostou lá para trás, sozinha na dor escondida mas evidente. Continuei a galar aquela cara inesquecível e a relembrar o fulgor e quentura do seu amor.

Hermengarda.

Curiosamente, a viúva oficial não deu por ela ou lhe desconhecia mesmo o rastro, pois nem mirou nem estremeceu. Eu estava bem atento às suas reações naquele momento, pois as que me deram descendentes, com a exceção da mãe do Nhonho, acabavam sempre por se tornar conhecidas, quanto mais não fosse pelo fato de eu os perfilhar e fazer questão em autorizar os batismos na capela do palácio, por que esconder se não era vergonha nenhuma, antes prova de competência? Bem podia ter mantido mais tempo a relação, pelo menos até confirmar a infertilidade de Hermengarda. Não deu tempo, o marido foi transferido por um diretor seu chefe para um canto longínquo do país, não quis me meter no assunto e anular a transferência, despertando suspeitas de alguma deriva financeira, deixei por fraqueza partir Hermengarda, só a recuperando em raras ocasiões de suas visitas à capital quando me informavam da chegada. Para justificar a fraqueza, hesitação, é bom dizer que era novo no cargo, ainda não me movia nas sombras do poder como mais tarde fiz. No último encontro, tantos anos depois, lhe perguntei se concebera e ela disse não, sem mais explicações, e daí ter ficado desconhecedor se era impossibilidade física dela ou uso de comprimidos preventivos, pergunta não feita por dever ser mantida a aparência de eu saber tudo sobre sua vida íntima e família e mesmo mais íntimos desejos.

No princípio do nosso relacionamento clandestino, Hermengarda confessou a atração pelo poder do conhecimento tido por mim sobre todos os meus sujeitos, o que não era verdade, deixava alguns por controlar, mas ela supunha ser uma rede fabulosa de informadores comichando no meu ouvido a todo o instante. Ficava úmida só de pensar nisso, confessou com aquele sorriso tímido de freira fracassada. Tudo bem, cada um se excita com o ar ou uma parte de corpo entrevista ou a lembrança de uma libélula. Ela usava o meu poder de informação para se excitar.

Há coisas mais estranhas no mundo.

A palanca está agora ladeada por dois primos, ocupando cargos ministeriais. Um, o Estêvão, dos mais velhos, se revelou logo totalmente incapaz, não só nos negócios do governo, como nos seus próprios, tendo sempre tendência a ir ao cofre do ministério para arredondar os salários e custear as pequenas despesas, enquanto se socorria da posição no aparelho de Estado para intimidar algum gerente de banco e lhe extorquir um empréstimo que nunca haveria de pagar. Para ele o kilapi é eterno, grande sacana. Tentei abordar o assunto várias vezes com a minha mulher, não chegando a ameaçar o primo de demissão, mas simplesmente para ela usar da sua influência, convencendo-o a ser mais discreto nos movimentos financeiros e nas festas douradas tão frequentes como mal afamadas. Ela nem deu tempo para eu colocar o mambo nos carris certos, cortou rápido a conversa, não me venhas com insinuações sobre os meus pobres parentes, procuras só pretexto para pô-lo na miséria e depois temos de lhe sustentar a família, como tu amparas as mães dos teus filhos, cada vez mais numerosas e a aparecerem de repente a reclamar reconhecimento e pensão. Nunca é nunca!

Afinal a leoa estava atenta e rugia mesmo.

Lá fui aguentando o Estêvão, de sorriso servil mas bolsos bem fundos, sem dar oportunidade ao chefe da segurança presidencial para me aparecer com conselhos e chamar a minha atenção para o perigo de a reputação do Estado sair suja com as atuações cada vez mais frequentes e descaradas do meu vergonhoso primo. O tipo nem agradecido ficava, muito menos o dizia, apesar do sorriso servil. Usava o sorriso para todos, até para os auxiliares. Será mesmo um sorriso ou apenas um esgar? O espião-de-um-olho-só achava, não é sorriso, chefe, ele até quando caga na latrina do conselho de ministros faz aquele sorriso que não é sorriso, temos filmes gravados. O espião não sabia a palavra esgar ou então nunca a utilizava por uma questão de princípio. Talvez soubesse ser a careta que fazia quando queria sorrir, embora as razões fossem diferentes, deformações provocadas na cara por uma explosão. Dava porém para entender, o primo da palanca era um hipócrita, além de ladrão. No entanto, entre os presentes, quem não mete bens do Estado no bolso? Só as crianças, inocentes. Por enquanto. Basta crescerem um pouco... O que é de todos (o Estado) não tem dono, pode ser cassumbulado, ideia persistente e que ultrapassa este país, atingindo o continente, e outros. Os críticos do meu regime nos chamam a todos de corruptos oportunistas, aproveitadores. Gostaria de os ver embriagados pelo poder que de fato possuímos. Ainda roubavam mais, ao pé deles seríamos considerados arcanjos. Só criticam porque estão longe do favo de mel. Portanto, não me chateia o hábito do Estêvão encher os bolsos. O problema é dar nas vistas, nem saber ocultar a mão entrando no cofre do ministério. Noutros cofres também, mas não tão literalmente.

A palanca negra só uma vez me olhou debaixo, envergonhada com o primo e ao mesmo tempo me agradecendo condescendência. Quando o financeiro do ministério flagrou o Estêvão com a mão na massa e denunciou o crime à estrutura do partido. Grande maka. Todos com medo de tomar uma posição. Veio o coordenador do partido no ministério, tremeluzente de suor, contar o problema e afirmando a necessidade de se tomar uma posição urgente. E eu tomei, claro. À minha maneira, que toda a gente tem a sua. Promovi o financeiro para governador de uma província longínqua, e ficasse de bico calado, assim se sobe na vida. Estêvão recebeu uma repreensão por escrito e secreta, só divulgável por iniciativa superior. O caso ficou resolvido, com conhecimento apenas a nível daquela estrutura. A palanca foi carinhosa nessa noite. Já não o era desde o nascimento do último rebento que tive de uma canadense vinda fiscalizar as nossas eleições, numa comitiva das Nações Unidas.

Recordo bem esse dia das eleições. Votei muito cedo no posto perto da catedral, com a primeira-dama e os filhos mais velhos.

Todos os homens de fato e gravata, as mulheres de trajes africanos compridos. Como se fôssemos para um banquete. E não o era? No entanto estávamos muito preocupados também porque, apesar de todas as calúnias lançadas pela oposição e reproduzidas por alguns jornalistas nacionais e estrangeiros, não se sabia sequer fazer uma séria manipulação de dados. Havia uma batotita aqui ou ali, que um qualquer responsável local improvisava com pouca habilidade, logo denunciada pelos mesmos de sempre, um caso de trezentos votos a merecer destaque de milhões nalguns jornais ou rádios. Desta vez havia indícios de que a coisa estava mais apertada, podia mesmo acontecer o impensável, e ficamos de mãos amarradas para batotar.

Depois do voto, fui descansar sozinho para a quinta Ferro Preto, perto da capital, com o fito de controlar o estresse. A canadense já lá estava a fiscalizar o ato eleitoral. Na minha cama, televisão ligada. Foi esse o dia da concepção, tenho a certeza porque foi o único em que estivemos juntos, sozinhos. Ela disse levar para a sua terra recordações maravilhosas das eleições, tão justas e livres foram. Claro, carregou no ventre uma semente de luxo, sei o que valho, não me estou a gabar. A palanca acabou por saber do nascimento, mais tarde mãe e filho vieram para o batizado. A primeira-dama não compareceu na cerimônia, emburrou. Só porque a canadense era branca? Com outras ela não fez grandes cenas, com esta sim. Nunca lhe tinha notado pendores racistas, até disse ao meu ouvido um dia que Bill Clinton nos seus bons tempos era um borrachinho... Por causa da canadense, ficou fria durante uma estação. Até acontecer o mambo do primo a ser apanhado com a sapuda mão no cofre ministerial e se tornar grata, de olhos aquosos, abrindo as pernas sem eu ter mostrado intenção.

Muito reconhecida, a minha bela palanca negra.

Algo diferente aconteceu entretanto na sala. Parece, só eu notei, pois ninguém se mexeu demasiado. Apareceu o meu médico, acompanhado da enfermeira, o que não seria surpresa, no entanto. Disse duas palavras ao ouvido da viúva e se aproximou do esquife. Não senti emoção nenhuma, apenas uma ideia, descobriu que não estou morto? Estou e sei, estou mesmo. Tudo pensamentos frios, sem suores nem dores de barriga. Não sentia nada de fato. Ele aproximou a cara da minha, olhando muito fixamente. Depois fez um gesto à enfermeira e ela ficou ao lado, os olhos úmidos e tristonhos. Mandei-a estudar na China massagens especiais para corpos velhos, andou por lá dois anos, voltou habilitada a tratar do meu esqueleto e dos músculos e dos nervos e demais tendões. Saltava para cima de mim, deitado num colchão suficientemente resistente e começava por uma massagem com os pés, de alto a baixo, de baixo para cima, diziam ser técnica filipina, então as mãos entravam em ação e furavam, escarafunchavam, depois estiravam os músculos, apertando e soltando. Entrávamos nesse momento na parte melhor que era a dos finais, com as mãos dela e depois os lábios a acariciarem as pernas, o tronco, os braços, distendendo-os, enquanto se ia despindo até se deitar sobre mim para completar o tratamento com terapia de choque. Supercompetente, muito mais que uma enfermeira, muito mais que uma massagista, fisioterapeuta, osteopata ou outros nomes que se pudessem inventar.

No fundo, aquela célebre e tão invejada sapiência oriental.

Ela agora também olhava para mim e concordou com o doutor, de fato a cor está a mudar. Eu a pensar, estão a suspeitar que vivo, e afinal se preocupam com as minhas manchas de pele, que os preparadores devem ter tentado disfarçar mas voltavam a ser notadas com o tempo. Não fiquei desiludido, como disse, não tinha emoções. Estava mesmo morto. Se não estivesse morto, sentiria o membro viril a se posicionar quando ela deitou o bafo suave no meu nariz, ao me observar de tão perto. Se não estivesse morto, já me teria deitado de lado, pois nunca consegui ficar mais de dez minutos sobre as costas sem ter formigueiros nas pernas, diziam era do sangue, coisa em que nunca acreditei. Desde miúdo que acontecia, sempre adormeci deitado sobre o lado direito. O médico disse à enfermeira, o melhor é lhe dar mais uma pintura às três ou quatro da manhã, a essa hora só está cá a família chegada e mesmo essa a dormir. Agora não é o momento.

Assim fiquei a saber que estávamos em qualquer hora mais

cedo do que isso, pois a sala ia enchendo em vez do contrário e já a primeira-dama começava a mudar de perna sobre a qual se apoiar, quando o médico se dirigiu a ela, certamente lhe repetindo a receita. A enfermeira foi para trás dos basbaques que tentavam ver alguma coisa da minha figura e pensei, como desconfiaram de alguma mudança na minha cara? Foi a minha palanca negra, a pessoa mais perto, que notou e mandou chamar o médico? Não reparei nessa cena mas é verdade, de vez em quando também me aborreço com o espetáculo monótono de ver os altos dignatários do regime se perfilarem ao lado dela e depois virem outros, desde os ministros aos deputados e embaixadores, chefes de repartição e chefes tradicionais, sem fim, como se os dias tivessem mil horas e os rios não parassem até atingir o mar distante. Tirava uns cochilos breves, pelo menos a mim pareciam breves, sendo o meu tempo medido unicamente pela postura da palanca, cada vez menos majestosa, cumprimentando de forma mais breve os recém-chegados ao seu lado, ansiosa por que a noite terminasse...

 E quem disse era noite?

 Tentei umas contas. A última imagem retida na memória antes deste salão foi a de umas pessoas de branco à minha volta, com máscaras de cirurgia, cheiro a medicamentos, uma preocupada voz feminina, estamos a perdê-lo, estamos a perdê-lo... Quando poderá ter sido isso? Dias, meses, anos? Podem ser dias ou meses, não se notam modificações nas faces conhecidas, todas elas. Ainda não sofreram as marcas de anos. No entanto, podem ter-me metido num congelador para manter o corpo durante meses. Ou até embalsamarem, já se fez na antiguidade e na modernidade. Estas hipóteses não são disparatadas, pois podia ser necessário atrasar a notícia da minha morte para preparar com calma a transição. Não se muda de chefe de um dia para o outro, ou há risco de convulsão política, mesmo guerra civil, não brinquemos com coisas sérias.

 Nós não costumamos brincar.

 Também não vejo grande coisa, deitado, cabeça na horizontal do corpo, melhor visão do teto que das pessoas à minha frente.

Consigo lobrigar parte do casaco e a ponta dos sapatos. Mas até admito a possibilidade de não ter pernas e os sapatos estarem colados ao fundo do caixão, ligados a uns cabos de vassoura dentro das calças. Quem pode notar? Não eu, em todo o caso. É-me indiferente. O mais curioso é o fato de não me interessar por nada, nem pelo fato de estar morto. Sempre achei ser um assunto importante, talvez mesmo o mais importante, pelo menos deu origem a todas as religiões. Neste momento não é relevante. Nem o que realmente se passa no salão. Vejo, constato, recordo cenas, mas para usar uma palavra mais forte, estou-me cagando. Os vivos que se chateiem e até considerem má educação. Já não me podem mandar castigar, apenas julgar moralmente.

Os crentes acham, deus fará o julgamento final. Pois ele ainda não me mandou chamar à sua presença ou veio ter comigo, o que seria uma deferência notável. Apreciaria. Sempre acreditei na sua existência, embora de forma difusa, e esperava ver a sua cara no momento da minha morte. Afinal, não compareceu. Nem ele, nem os outros, os da terra, em que o povo também acredita e venera. Deveria irritar-me por tal falta de comparência, uma descortesia, mas me estou mesmo borrando. Viro ateu depois de morto. E ainda há pessoas a suporem que não sou rancoroso! Deus que o diga! Atirado do pedestal da minha admiração. Bem gostaria de soltar uma boa gargalhada e pôr esta malta toda a fugir daqui, o chefe morto riu, o chefe morto riu, um mujimbo que percorreria as vertentes desta colina onde suponho devemos estar, mujimbo se distribuindo e multiplicando pelas ruas da cidade, atemorizando todos, é chegado o tempo dos cazumbi, melhor tapar as cabeças com cobertores, não olhar para não cegar, os videntes sempre prometeram durante todas as gerações conhecidas, vem aí a estação das trevas e do mal. As pessoas iam mesmo acreditar nisso tudo, como acreditaram na existência de todos os deuses que lhes venderam (isto já sou eu, novo ateu, a pensar).

Volto aos dois primos ladeando a minha palanca. O irmão mais novo do Estêvão sempre foi conhecido por Boneco. Tem outro nome, claro, e por esse é referido oficialmente. Mas ninguém fala dele sem usar o nome de casa. Sei, com malícia, porque ele é grande, se destacando dos irmãos e dos primos, é o maior da família. Boneco, quando jovem, foi incentivado a jogar basquetebol, pois não há tanta gente com mais de dois metros de altura. Era avesso a qualquer desporto, melhor, a qualquer esforço físico, razão pela qual aos trinta anos começou a engordar e hoje, na idade dos quarenta, pesa mais de cento e sessenta quilos, sendo de fato um homem imenso.

No princípio do nosso casamento, insisti com o primo adolescente, voleibol também é bom, um desporto que exige tipo alto, olha, por que não o salto em altura? Lembro me ter arrependido imediatamente dessa sugestão, era claro ter tendência para o cheio e impossível se elevar muito. Ele tinha medo de mim, desconseguia de o esconder, baixou só os olhos, não tenho jeito, me desculpe. Quiseram logo mobilizá-lo para as forças armadas, estava na idade e uma ameaça de guerra punha o país em perigo de existência. Acedi ao pedido da minha mulher, sempre tão devotada a proteger a família, mandei-o com bolsa de estudos para os Estados Unidos aprender economia, eles lá é que ensinam melhor a malta a aldrabar nas contas e usar paraísos fiscais. A guerra, se rebentasse, tinha de ser ganha, como é evidente, mas menos um não alterava nada, ainda por cima alguém tão grande que seria difícil de se esconder dos olhos inimigos. Não tive problemas de consciência quanto a esse aspecto, nenhum familiar, meu ou das minhas mulheres e namoradas devia arriscar a vida pela pátria. Existiam demasiados jovens sem trabalho nem preparação para um futuro promissor. O sacrifício da guerra não lhes custava nada, se tornavam ao menos úteis. Assim, arriscando um ferimento, ou mesmo a morte, poupavam os verdadeiramente dotados para dirigir o país, contribuindo para um bem maior. Toda a elite pensava desta forma e deixei-os pensar.

Uma vez aconteceu um fato insólito. O filho mais velho de um dirigente, obedecendo aos desejos do pai e próprios, teimou, teimou até conseguir ingressar nas forças armadas e se fez matar numa guerra que de repente apareceu. Fui ao funeral de cara tristonha, acarinhei o infeliz mas orgulhoso pai, disse palavras públicas a enaltecer o patriotismo daquela família exemplar, mas comentei com a palanca à noite, merda de radicais puristas, só atrapalham, perdi uma manhã com aquele enterro.

    Nada disso aconteceria com o Boneco. Estudou e, no tempo devido, nomeei-o, obviamente por sugestão da prima, ministro de qualquer coisa, nem interessa o nome, todos fazem o mesmo, o que lhes mando fazer.

    O Boneco não parece ser tão ávido quanto o irmão mais velho. Ou foi bem formado e sabe esconder os feitos. Não tem dado muito nas vistas e, quando perguntei pela última vez ao meu espião-de-um-olho-só, ele respondeu nunca ter observado nada fora do normal. A menos que tenha sido pelo meu lado esquerdo, não vejo bem desse lado, acrescentou. Pensei, nem olho tens do lado esquerdo, como ias ver? Percebi então a esperteza daquele homem muito grande, difícil de camuflar, andando sempre à esquerda dos bófias, todos clones do meu espião. O primo aprendeu umas coisas na terra dos camones, a bolsa foi bem aproveitada, outros fizessem o mesmo e o país estaria mais avançado. Pelo menos com melhor reputação. Pensamento triste para quem deixa a vida tão cedo. Maneira de falar, pois para mim nada é triste ou alegre, apenas acontece. Nem foi assim tão cedo, pois o comprimento da vida se mede pelo número de feitos e para mim o feito maior que conta é o número de filhos, e esses estão aí mostrando o meu poder e a minha pujança, nunca deixando mulher mal montada. Ou pensam ser fácil montar tanta égua, palanca ou seixa, sem ter um esgotamento fatal?

    Nem o poder de Estado o garante.

2

Tinha seis anos quando vi pela primeira vez um presidente. O General. Nunca se dizia o nome dele, só a patente. Mesmo na escola, onde estava a fotografia na parede por trás da professora, quando se falava no presidente não se dizia um nome, só General. Mais tarde soube, eram ordens expressas dele, não queria ser chamado como o anterior, o terceiro chefe máximo do país, que ele derrubou num golpe de Estado, vinte anos depois da independência. Não queria senhor presidente nem sua excelência, nem comandante-em-chefe, só general.

O General passou por nós a pé, por entre coqueiros e palmeiras que pareciam aos meus olhos de criança se vergar pela sua passagem, rodeado de guarda-costas vestidos de civil. Andava sempre fardado, me disseram, mas não gostava de estar rodeado por fardas. Para se distinguir? Hoje penso, boa maneira de se fazer matar mais facilmente. Eu, o pai e o meu irmão mais velho, fomos nesse dia assistir à parada. Reconheci o presidente pelas fotografias, era alto, risonho, forte como um búfalo, dando passadas largas. O resto da comitiva tinha dificuldade em acompanhar o ritmo de muitas marchas pelo mato. A comitiva eram os eunucos da corte, como lhes chamou o meu pai, mas não percebi e perguntei ao meu irmão, quer dizer o quê, ele riu e encolheu os ombros, também não tinha percebido, mas não se devem fazer dessas perguntas ao pai, só se deve ouvir.

Nunca mais esqueci aquela figura. O General era homem determinado, parecia invencível.

Só passou a haver um presidente de novo quando o General foi derrubado e morto por uns sargentos enraivecidos. Um dos sargentos foi nomeado presidente pelo grupo vitorioso e imediatamente patenteado como marechal. Este governou por sete anos, péssimos para o povo, sobretudo os camponeses esbulhados das terras, e com violência, para beneficiar a sua família e os amigos que lhe cantavam hinos de glória. Foi derrubado por novo golpe de Estado e ninguém lamentou, que eu saiba. Uma junta governativa de militares e civis se apossou do poder, e a junta tinha um coordenador coronel que a dirigiu durante três anos. Aparentemente foi uma boa coisa. Havia entretanto outros ares no mundo e resolveram fazer uma constituição nova, chamada democrática, e organizar eleições gerais para se escolher um verdadeiro presidente. Um advogado de meia idade, aspecto de bom pai de família, não desejando o mal a ninguém, discreto, mas que alguns chamavam de trouxa e frouxo, ganhou as eleições por ampla maioria, talvez porque o seu adversário fosse uma mulher, uma armada em esperta porque tinha estudado fora e falava constantemente de feminismo e igualdade de gênero. O advogado passou a ser presidente e a respeitar mais ou menos as leis votadas pelo parlamento, controlado pelo partido ao qual pertencia. Tudo normal, portanto.

Foi nessa altura que fui mobilizado para a tropa.

Era um miúdo muito ignorante do mundo, nascido e crescido numa aldeia do sul, longe da capital, a qual fica entre o norte e o centro do país, mas só com o país ocidental a separá-la do mar. Para aprender alguma coisa, o pai me levou para uma missão católica, a uma hora a pé de casa. Na escola da missão fiz os estudos primários. Ia e vinha todos os dias, menos nos fins de semana. Daí nasceu o meu prazer pelas amplas caminhadas pelo mato. Como acharam que não era burro, resolveram me enviar para uma pequena cidade mais a norte, mas ainda a sul da capital, onde tinha uns tios, já afastados dos trabalhos agrícolas, os quais me alojariam e alimentariam. Vivi com os tios durante esses anos e só ia a casa nas férias entre semestres de aulas. Primeiro fiz cinco anos de ensino geral. Por insistência dos tios, que se tinham afeiçoado a mim, pois não era de confusões e os ajudava nas lides domésticas, cada vez mais pesadas para eles, completei em seguida um curso profissional de metalurgia. Era mesmo bom a tratar dos metais, diziam os professores. E gostava do fogo e de derreter coisas. Fazer peças, modelar outras, usar martelos e tenazes, aprender a fazer ligas que resistissem a altas temperaturas e explosões. Guardava o sonho escondido desde menino de construir armas.

Foi o que mais me interessou na tropa. As armas. Desmontava qualquer uma e voltava a montá-la com uma venda nos olhos. Os outros recrutas desconseguiam, a maior parte nem entrava nesse tipo de teste, facultativo. Para mim era uma brincadeira recheada de prazer. A maior parte das pessoas não compreendia o interesse ou utilidade, mas estava-me nas tintas, fazia-o por gosto, sem ninguém me encomendar o serviço. Um dia seria proveitoso, quem sabe? Também tinha excepcional pontaria, acertava facilmente num alvo a quatrocentos metros. Os outros davam pulos de alegria se acertavam num a cem metros. Uns boelos.

Passava muitas das horas livres na oficina do quartel, mais conhecido como o Nindal. Se tratava de um quartel grande, um dos mais importantes do país. E com a melhor oficina para reparar armas de toda a região. No entanto, o quartel do Nindal não era conhecido pela excelência da sua oficina. Seria referenciado no futuro porque todos os golpes de Estado tinham partido dele. Parecia predestinado. Mas tudo tem uma explicação, pelo menos aos olhos dos instrutores que nos explicavam os mambos militares. Possuía uma situação privilegiada, a duas horas da capital, onde estava o grosso do exército. Suficientemente perto para se chegar rápido ao centro do poder e buscar reforço nas guarnições, suficientemente longe para se conspirar sem ser incomodado.

No princípio ficava chateado por não se reconhecer a importância daquela oficina enorme e bem apetrechada, um verdadeiro tesouro para os adoradores de metais, com alguns operários já velhos e muita experiência, alguns tendo sido sempre civis. Me ensinaram tudo sobre as armas que tinham e também sobre pólvoras e deflagradores. Aprendi mesmo a reparar motores de carros blindados e helicópteros. No fundo, os princípios eram análogos e os metais gostavam das minhas mãos. E elas deles.

No entanto, detestava os treinos porque me obrigavam a correr, a saltar cercas, a escorregar nos montes, a placar de chapa no capim ou até no asfalto, a subir por cordas, a fazer ginástica para reforçar músculos. Não precisava nada disso para trabalhar na oficina de armamento, ela me dava músculos das mãos e braços fortíssimos para apertar porcas ou dobrar barras. Só gostava mesmo de ir à carreira de tiro e tirar a arma do ombro com delicadeza, acariciá-la primeiro ao de leve, murmurar para ela baixo, com carinho, mimá-la e ao mesmo tempo excitá-la, para ficar quente, prontinha a obedecer aos meus olhos. E disparar o primeiro tiro. Então respirar livremente pela primeira vez, já satisfeito e sentindo a alegria da minha amiga nos braços. Não havia segredo nenhum, mas alguns suspeitavam até de feitiço. Simples de explicar, onde punha o olho, punha a bala. Suscitando a admiração dos camaradas e dos instrutores. Nunca percebi muito bem a dificuldade. Só mais tarde notei não ser uma norma muito seguida pelos meus companheiros, como se eles fossem todos vesgos ou cegos.

Um dia ouvi por mero acaso um dos instrutores a falar com o oficial responsável pelo nosso grupo de treinamento, temos homem, dizia ele, pode ser atirador de elite, está pronto para passar ao treino de tiro com mira telescópica e visão noturna, indo por partes, claro.

– Não é cedo demais? – perguntou o oficial. – Porque sabe, se não estiver preparado ou se o pressionarmos muito, pode perder-se uma boa promessa só porque queremos preencher algumas metas...

– Preparo esta miudagem há demasiado tempo para me enganar. Se digo que temos homem...

– Não estou a contradizê-lo, sargento. Só que...

– Se o meu tenente permite... não é nada cedo. Sempre tivemos falta de atiradores, os nossos aliados externos criticam esse defeito, a malta fecha o olho errado, tem medo do barulho, pensa que vai acertar na irmã, sei lá o que acontece naqueles miolos avariados. Não acertam um. E não é o primeiro nem o décimo grupo assim. Infelizmente devo mesmo confessar que todos os grupos foram assim, com muito raros bons atiradores. Por isso, quando nos aparece um gajo que nasceu para as armas, que passa todo o tempo livre na oficina a reparar as avariadas e ainda por cima conversa com a bichinha... e não falha um tiro a quatrocentos metros, mesmo a dormir... Façamos um teste simples, posso experimentá-lo a oitocentos metros, meu tenente?

– Francamente, ó sargento! A oitocentos metros ele nem vê o alvo. Ou põe um alvo maior?

– O mesmo, meu tenente. O mesmo alvo, a metade superior de uma pessoa. Ele não precisa ver o alvo, a arma sabe onde o alvo está, ele fala com ela...

– Pronto, entramos no reino dos feitiços...

– Posso fazer a experiência?

Hesitação silenciosa do lado do oficial. Se a tentativa fosse um desastre, o erro seria do sargento. Mas se mais tarde se descobrisse que, por falta de autorização dele, não se fez um teste revelando um talento particular e tão raro, seria o tenente a arcar com as culpas. Falta de intuição é falha fatal quando se tem de ganhar uma guerra. O oficial não podia hesitar sobre um assunto tão simples, para isso lhe fizeram oficial.

– Vamos a isso, também quero assistir – disse depois, batendo com a chibata de mando na coxa.

Bazei nas sombras, para não me descobrirem. O coração batia com muita força, só podiam estar a falar de mim. Caramba, disparar com uma espingarda daquelas que só vi em filmes, com mira telescópica... e à noite? É mesmo possível?

Se é possível, eu sou capaz.

Com esta confiança, passei mal a noite, ansioso pela chegada do dia seguinte, quando o sargento-instrutor viesse falar comigo. Mas nada aconteceu, o treino constou de outros exercícios chatos, com correrias e manipulações de armas de pau, e ainda mais uma hora chata de ordem de marcha. Fui esquecer a desilusão para a oficina, derretendo algumas coisas, talvez a mais. Se não era de mim, de quem falariam eles? Conhecia todos os recrutas, umas autênticas mulas de carga. Mesmo os instrutores falhavam quase sempre nos quatrocentos metros, quando se tratava de tiro com Kalashnikov. Porque era essa a minha arma. Se fosse com um fuzil podiam acertar um pouco mais, mas eu não falhava nenhum tiro nos quatrocentos, com fuzil ou mesmo com a Kalash. Essa era a diferença.

Talvez precisassem de autorização superior para me fazerem o teste, os oficiais eram uns cagarolas, pelo menos os sargentos entre eles falavam assim, quando achavam que não os ouvíamos. Ou então queriam mesmo ser ouvidos. E apreciados. Os sargentos sempre foram um grupo especial de gajos duros e fala ainda pior. Por isso até tinham feito golpes de Estado com êxito. Acabavam mais tarde por dar errado, porque não há pior governante que um sargento, porém conseguiram dar golpes desses. Agora não seria possível, diziam alguns meus camaradas que tinham estudado mais, um deles tinha mesmo estado numa universidade mas chumbou e teve de entrar na tropa. Para haver um golpe agora, com o crescimento das forças armadas e a experiência de coordenação de unidades, sobretudo com a Inteligência militar sempre atenta, só mesmo chefes podiam organizar um golpe, porque teriam de mobilizar vários batalhões. No mínimo. A contar com a sorte.

Bem, não era assunto que me interessasse muito, o meu mambo eram mesmo as armas e aquela música que elas cantavam. Um bom ouvido pode distinguir. E até pode perceber pela canção quais estão em boas condições e quais exigem uma revisão. Estamos no domínio dos mestres. O que só se adquire numa oficina e com aqueles velhos trabalhadores que toda a vida conversaram com armas. E gostavam de mim e me ensinavam, porque percebiam o meu amor por elas. O mesmo deles.

A esse nível não há ciúmes, só comunhão.

No dia a seguir, quando acabamos de comer e esperávamos a ordem de começar os mesmos chatos treinos de sempre, apareceu ao meu lado o instrutor com um sorriso sacana na boca. Vi também o tenente a sair da casa de comando, mas este não se aproximou, ficou de longe a olhar. O coração por vezes é traiçoeiro mas desta vez avisou com a certeza, já têm a autorização para o teste. Mandei calar o coração, estava farto de desilusões.

– Ouve lá, queres dar um tiro com um fuzil a oitocentos metros? Nunca experimentaste.

— Oitocentos? Não deve ser assim tão difícil.

Ele não deve ter gostado da fanfarronice, até porque fiz voz de gabarolas mesmo, como a malta do bairro em que estudei quando tentava impressionar uma garina, falando de forma cantante, arrastando as sílabas. O sargento olhou para trás, esperando o tenente. Este se aproximou, com a chibata a bater nas pernas para marcar ritmo. Ou banga apenas. Os tenentes sempre foram os tipos mais bangões que conheci. E as mulheres adoravam-nos, vá lá se perceber porquê.

— Vamos então ver o que és capaz de fazer, aí armado em bom, um perfeito boelo — disse o sargento, quando o tenente estava suficientemente perto para ouvir.

A palavra era ofensiva, mas não me importei, só queria experimentar mesmo o tal disparo de oitocentos metros.

Os responsáveis foram à frente, me deixei ficar atrás, como se devia em relação aos superiores, por respeito ou temor. Eu fazia isso por prudência, apenas. Se eles quisessem, eu não teria oportunidade de experimentar uma arma de excelência. E os militares são muito suscetíveis, um miúdo recruta não pode desafiar a sua liderança sem sofrer sérias represálias. Atrevido, mas com cuidado. Aprendi com os mais velhos da oficina, eles me ensinavam todos os tiques e preconceitos dos oficiais.

No campo de tiro já estava um alvo lá longe, no começo da floresta. O sargento apontou para ele e riu como um idiota, consegues ver o alvo, aquilo que não é uma árvore? Respondi calmamente, claro que vejo.

— Então deita-te na tua cova e mete-lhe um tiro. Sem subir demais porque ainda pode ir parar à cidade. Esse fuzil é poderoso, se não tens cuidado a bala passa por cima das árvores e mata uma velhinha qualquer que está a rezar na igreja lá na aldeia mais próxima.

Abriu o estojo que estava sobre um banquinho à nossa espera e entregou-me a coisa mais linda da minha vida. Uma espingarda brilhante, novinha, parecia virgem. Eu imaginava uma mulher virgem assim. Mas antes de ma passar, ele lhe retirou a mira telescópica.

— Não precisas disso, é só para ver se consegues acertar em qualquer parte do alvo. O primeiro tiro é para falhar e te habituares ao coice dela. Ao barulho. À canção, não é como costumas sempre dizer? O segundo disparo já é a valer.

O alvo era um círculo de papelão vermelho, pregado numa prancheta de madeira que se vislumbrava no meio do capim, entre as árvores da mata. Se via mal a mancha vermelha e por vezes o jogo de sombras fazia imaginar o alvo a dançar. Pelo menos parecia. Podiam ter arranjado um alvo de outra cor menos volátil, mas achei ser apenas por acaso, não tinham cartão menos berrante, havia dificuldades de tesouraria. Supus e bem que o objetivo era acertar no meio do círculo. Nem perguntei. Acariciei a arma, deitei-me lentamente, falando sempre para ela, não fosse a bichinha se assustar, lhe murmurava coisas doces, nomes de bolos e rebuçados ou gelados, inventando que falava para uma mulher, coisa que ainda não me tinha acontecido, pois até então falar com as armas me dava o mesmo tesão.

– Só tens de soltar a segurança – disse o sargento. – Atenção, já tem bala na câmara.

O tenente apontou os binóculos para o alvo, sem esconder o seu ar desdenhoso, descrente mesmo. Talvez a intenção fosse a de me desmotivar, humilhar à partida, olha um merdoso dum campuna a pretender fazer o que as elites urbanas desconseguem. Outros dois instrutores olhavam, mais afastados, rindo baixo, gozando não percebi quem, se a mim se ao colega sargento. Se eles desconseguiam de acertar, nem mesmo enxergar bem o alvo, seria um recruta com três meses de treino... Achavam, eu ia envergonhar o instrutor, muito seguro da mestria do seu pupilo, embora sempre me falasse com rudeza. Acho ser mania de todos os sargentos, para armarem em poderosos, os merdas. Foi o que eu sussurrei à arma, já viste aqueles parvos ali atrás, julgam que vais falhar, mas eu sei que a primeira bala acertará mesmo no centro, não é mesmo?, minha linda, meu amor, meu favo de mel.

Parei a respiração, premi levemente o gatilho.

– Em cheio, no centro – gritou o tenente, um pouco histérico. – Mesmo no centro – parecia mais um guincho de macaco que uma constatação militar, portanto contida.

O instrutor ligou para o vigia, que se escondia num buraco perto do alvo, podes ir conferir. Ele foi ver ao vivo. Depois se pôs aos saltos, parecia festejar. Mas oitocentos metros é muito metro, não dava para perceber muito bem o que ele indicava. O tenente, com os binóculos, informou, ele está a fazer o sinal de "em cheio", confirma o que vi. Veja, sargento, veja com os binóculos, bem no centro. O sargento olhou e disse, é certo, mas este sacana não obedeceu às minhas instruções, eu disse que o primeiro tiro era só experimental, não era para acertar em cheio, nunca faz o que lhe mandam, tem manias de esperto, o grande caralho.

– E eu ia acertar onde, meu sargento? – perguntei eu, meio chateado com as censuras parvas.

Não era o momento de recriminar um tipo que acaba de fazer o seu primeiro tiro de oitocentos metros. Em vez de me agradecer porque não o deixei mal, ainda me vinha criticar, o grande sacana. Por isso acrescentei, de forma que todos ouvissem:

– Só ali há árvores e sem um fruto sequer. Se ainda tivessem frutos, podia tentar acertar num. E, meu sargento, essa arma não dá coice nenhum. Apenas uma pressão no ombro. Coices dão os burros.

Estava mesmo mais irritado do que parecia, embora fizesse esforço para me conter. O tenente riu, mudando a sua postura em relação a mim, agora de admiração. O sargento ficou calado, meio perdido, achando bem me perdoar a falta de respeito, em nome do melhor tiro que tinha visto na vida. Os dois alarves riram também, mas para aplaudir. O oficial voltou a falar, olha, podias dar mais um tiro para confirmar que não foi sorte de principiante, como se diz na pesca desportiva.

O que fiz sem vacilar. Igualmente no centro do alvo, como depois disseram. Era uma boa arma, merecia ser minha eterna namorada.

– Tiveste sorte, de qualquer forma, rapaz, não havia vento.

Nisto, o tenente tinha razão. Não pensara sequer no vento.

Foi o que me ensinaram nos tempos seguintes, a sentir o tempo e a reverberação do sol, a disparar a mais de mil metros, mas com mira telescópica, a corrigir ângulos, toda uma ciência à volta de bem atirar. Fiquei com curso completo de matar à distância, me camuflando com capim, usando os castelos de salalé para esconderijo, correndo a rasar o chão, a desfechar mais de três tiros em trinta segundos para alvos diferentes, quase sem apontar, e para distâncias variáveis.

Graças a essa habilidade, passei para oficial ao fim de um ano, nomeação de fato rara, mesmo na nossa terra onde as carreiras são por vezes vertiginosas e as quedas ainda mais. Alguns dos sargentos não gostaram nada da minha promoção, mas iam protestar com quem e por quê? Passei a ter uma especialidade muito vantajosa e invejável, atirador de elite. Como não havia guerra naquela altura e portanto faltavam os inimigos a abater, me nomearam instrutor de tiro a longa distância para os poucos recrutas que conseguiam acertar de vez em quando nos quatrocentos metros. Primeiro tinha de os preparar para não falharem nessa distância e, depois de uma forte seleção, treinava para seiscentos, oitocentos, mil metros, os raríssimos que tinham alguma propensão. Raríssimos mesmo, é doloroso dizer.

Infelizmente, somos um povo com fraca pontaria.

Todos os dias treinava sozinho o tiro de precisão, o que me enchia de contentamento, como um jorro de liberdade. Sonhava com o dia seguinte, por causa disso. Mudava as horas e os lugares, com o fim de estar sempre preparado para qualquer cenário de combate. No entanto, nunca tive oportunidade de disparar contra uma pessoa. É a vida.

Como oficial, fui fazendo crescer a minha minúscula fortuna para pequena e mais tarde mesmo média. Vivia no quartel, quase não bebia, e uma vez por semana ia às putas. Baratas, das que trabalhavam perto do Nindal. Guardava o resto do salário na conta do banco. Se precisava de um carro por uma razão muito excepcional, requisitava um jipe do serviço. E nas férias ia para casa da família, onde também não gastava o soldo, não me davam oportunidade, senão na noite de despedida, em que comprava bebidas para o jantar e ia com os amigos ao bar mais próximo. Aos trinta anos tinha dinheiro suficiente para casar e comprar um alojamento.

Numa altura acreditei ter encontrado alguém que valia a pena. Começamos a encontrar-nos com certa frequência. Até ela dizer, acho, não, tenho a certeza, estou grávida. E só pode ser de ti. Acreditei nela. Os colegas do quartel me contaram algumas coisas sobre a moça, desacreditei de novo. Não era boa rês e se metia com muitos. Não servia para casamento. No entanto, a barriga dela crescia e ela afirmava com convicção, é teu. O caso me incomodava, porque, fazendo bem as contas, a gestação coincidia com o período em que nos encontrávamos muito frequentemente. E ela não parecia frequentar outras paragens. Nasceu um rapaz e todos os que o viram confirmaram, eram as minhas fuças. Fiquei muito incomodado, porque ela não servia para casar, isso estava mais do que assente, mas nunca poderia deixar o mona sem pai. Até me convencer a ir ao registro e o aceitar como filho. Há tantas crianças órfãs e outras abandonadas, eu não seria dos que enriqueciam as estatísticas dessa desgraça. Ao menos teria uma mãe e um pai no papel. O destino ia me levar mais tarde a ser mesmo um pai efetivo.

Entretanto, fui à terra da família, investiguei as raparigas em idade de matrimônio. Nenhuma me interessou. Mas um primo, que acabei por tornar confidente, iniciou-me nalguns meios da cidade mais próxima, onde descobri a Efigénia. Era uma jovem muito tímida, bué bonita, que desconseguiu de tirar os olhos de mim quando lhe galei com intenção. Os risinhos das amigas me deram a entender que havia interesse recíproco. Disse ao meu primo, é aquela ali, aquela tem de ser minha mulher. Ele avançou, falou com as moças e depois me fez um gesto. Fui ter com o grupo. Afinal estávamos num óbito, nem sei de quem. Se comia e bebia o que traziam para o komba os vizinhos, parentes e amigos. Tinha perguntado antes ao primo se devíamos ir cumprimentar os familiares e onde estavam. Ele disse, como não conheço a família, fica mal fazer muitas perguntas, só sei que morreu um homem, portanto a mulher deve estar a viuvar na cama. Não é apropriado irmos lá, só os próximos o devem fazer. E esquecemos o motivo daquela reunião, apenas interessados nas bebidas e raparigas presentes.

Me enchi de coragem e combinei com a Efigénia um encontro no dia seguinte, e no seguinte. Quando acabaram as férias, fui falar com o tio materno dela, responsável por todos os assuntos metendo bodas e dotes, pedi autorização para namorar com intenção de matrimônio, era um oficial com responsabilidades e de conduta séria, como poderia comprovar junto dos meus familiares e superiores militares. Ficou tudo acertado e o primo tratou das formalidades, na minha ausência. Pedi dois dias de folga e fui à terra para o casamento. O Vidal, meu amigo de escola e juventude, foi o padrinho.

Depois da cerimônia, tive de telefonar ao coronel, meu chefe, para lhe pedir mais dois dias de dispensa, caía muito mal na família da noiva só dois dias de festividade. Afinal, não se tratavam de uns miseráveis e Efigénia, além do mais, era filha única. Mesmo assim se rompeu a tradição de pelo menos uma semana de farra, mas eles de certa forma cumpriram, pois deixei dinheiro suficiente para comprarem comida e bebida para mais uns dias de festa, eu é que voltei para o quartel de Nindal com a esposa, onde nos destinaram uma pequena vivenda. Não seria definitiva, apenas até comprar ou alugar uma na cidade. Apreciei a atenção do coronel, boa pessoa. O que me fez entrar em muitas despesas, porque primeiro foi a casa, depois o carro para chegar a horas ao quartel e passeios com a mboa no fim de semana, embora na verdade ninguém me exigisse muita pontualidade, pertencia a um corpo extremamente especial, o de formadores de atiradores de precisão, de fato uma elite privilegiada que não precisava cumprir horários rígidos.

Só os cabolas sofrem disciplina férrea.

Um dia, o coronel chamou-me ao seu gabinete. Me mandou sentar e foi ele próprio fechar a porta, o que era sinal de assunto importante e reservado. Fiquei nervoso, teria cometido algum disparate?

– Capitão, preciso de um favor seu. Altamente sigiloso.

Hesitava em avançar explicações. Relaxei, então inexistia falta minha.

– Farei o necessário, meu coronel – encorajei-o a desembuchar.

Ele apertava as mãos, estudando-me, como se não tivesse uma decisão sobre o pedido. Se me mandou chamar é porque já tinha decidido, não entendia tantos rodeios, devia ser pedido grande.

– É uma coisa ilegal. Podia pedir a um sargento, eles estão sempre prontos para essas coisas, fazer o que um superior não deve

ou pode. Mas não tenho confiança na sua capacidade de discernimento, ainda se põem para aí a badalar sobre o assunto. No capitão tenho confiança total. Por isso lhe peço...
— Esteja à vontade, coronel...
Suspirou, como se lhe arrancasse o coração.
— Bem, entre os seus instruendos tem gente com boa visão. Vocês veem melhor que o comum dos soldados, não é verdade?
— De fato... Por isso são treinados para atiradores...
— Eu precisava que escolhesse dois ou três dos seus melhores homens para vigiarem a minha filha. Acho que anda a ter encontros suspeitos, até perigosos. Preciso dos olhos da sua gente sempre atrás dela.
Imediatamente achei um grande disparate. Em vez de pedir a atiradores de elite para vigiarem a filha, não era muito mais eficaz fazer o pedido à Inteligência militar, gente treinada para vigiar suspeitos? Mas ele respondeu à minha dúvida mesmo antes de eu a formular.
— O chefe da Inteligência militar é meu inimigo, tivemos vários choques. Se o meto neste assunto, vou ter problemas.
Era verdade. Nunca se pode dar munição a um inimigo. O coronel da Inteligência disputava com ele uma promoção a outro nível, já fora do Nindal, numa galáxia para mim inacessível. Havia meses que a questão não se resolvia, como se o círculo superior deixasse que eles lutassem entre si para o caminho ficar aberto a um terceiro. Era o que se comentava entre oficiais mais ou menos conhecedores do assunto, um pequeno grupo de que eu fazia parte. Tudo com muita especulação, pois reinava uma certa disciplina nas hostes e os segredos não vazavam facilmente do círculo superior. Além de haver o perigo de qualquer informação a despropósito aquecer a disputa e o grupo se cindir entre os apoiantes do coronel e os do seu rival da Inteligência, com danos para ambos os lados.
— O problema, meu coronel, é não ter a certeza também da discrição dos meus homens. Podem dar com a língua nos dentes.
— Seria muito mau.
— Se me permite... O mais seguro é ser eu a tratar pessoalmente do assunto.

Talvez fosse o que ele queria ouvir porque o suspiro foi mesmo de grande alívio. Depois pareceu recuar.
– É tarefa demasiado banal para um oficial.
– Faço com prazer, meu coronel. E é mais seguro.
Voltou a suspirar, desta vez com mais força. Se levantou, me apertou as mãos.
– Não sei como lhe agradecer. Claro, o que precisar para a operação...
– Esses encontros são de dia?
– Depois do jantar.
– Vou esclarecer o assunto, pode ficar descansado, meu coronel.

A me rir para dentro. Não me custaria nada e era bom conservar o segredo e a gratidão do coronel, quem sabe se não viria a ser útil, pelo menos reforçava a amizade dele por mim. Tinha o homem certo para o trabalho, nem me ia chatear por causa da miúda.

Na oficina, que nunca de fato abandonei e onde me refugiava nos momentos de relaxar os nervos, começou a trabalhar havia tempos um miúdo, sobrinho-neto de um dos velhotes que quase vegetavam por lá e querendo muito transmitir a profissão a algum rebento mais capaz. Eu comecei também a ensinar o miúdo porque ele gostava mesmo de aprender e tinha muita habilidade para tratar os metais. Mas o coitado, um ano depois de frequentar a oficina, teve um acidente grave ao manejar um explosivo líquido. Queimou parte da cara e perdeu um olho. Recuperado do acidente, quis continuar a aprender conosco. Eu era o mais graduado dos frequentadores da oficina e orgulho dos velhotes, me encarreguei de mexer os cordelinhos para ele manter o emprego, tendo assegurada já à partida uma pensão de semi-invalidez. E continuei a trabalhar com ele na descoberta de novas armas. O rapaz ultrapassou o trauma psíquico do acidente, voltou a manipular todo o tipo de explosivos e armas com a mesma desenvoltura e nenhum receio. Além do mais, afeiçoou-se a mim. Fidelidade canina. Eu gozava com ele por vezes, lhe chamava mutilado de guerra. Os outros riam, mas a ideia pegou. Daí a alguns anos, todos estavam convencidos de que tinha entrado numa guerra inexistente e sido ferido na cara, ficando zarolho.

Mandei-o seguir a filha do coronel e reportar só a mim.

Uma semana depois, trouxe um relatório completo. A jovem saía todas as noites e ia se meter na casa de um homem de uns quarenta anos, com um bom carro. Regressava ao lar no carro, se despedia com um beijo na boca e entrava em casa. Terminada a expedição. Não foram a um bar, nunca saíram de casa senão depois da meia-noite para ela regressar ao lar paterno. Fiquei com o endereço do sujeito e pedi informações discretas à polícia militar. Obtive nome, profissão, dentista, estado civil, divorciado, boa situação financeira, sem antecedentes criminais. Era um simples romance de amor, não ilegal, se tratava de duas pessoas maiores e livres. Não havia consumo de drogas. O miúdo bem cheirava pelas persianas mas não detectou sequer cheiro de liamba, apenas ouvia suspiros bem repuxados. Nem havia qualquer vestígio de crime. Falei ao coronel e expliquei a situação, como se eu tivesse ficado noites seguidas durante uma semana a espiar o par.

– O meu coronel pode não gostar que a sua filha tenha uma ligação amorosa, mas é só isso.

Lhe dei as informações sobre a situação do dentista e exagerei no seu grau de aceitação na comunidade, pois eu achava ótimo se o caso terminasse em casamento. Todos felizes para sempre.

– Não tem uma fotografia do gajo?

– Posso arranjar, se o meu coronel insiste.

– Não, deixe. Vou falar com ela. Se for coisa séria, eles que se entendam, acho melhor.

Julguei uma atitude sábia. Não sei como reagiria eu próprio no caso de ter uma filha com esse comportamento, talvez não mostrasse sorrisinhos e pancadas nas costas, mas se tratando de outra pessoa, devia ser prudente, escondia as minhas considerações, aparecia como o elemento neutro. E o certo é que o coronel gostou mesmo do dentista, houve boda e eu fui convidado para o casamento. Com Efigénia, claro. E levei o jovem espião, como recompensa para o seu excelente trabalho. Tive de lhe comprar roupa nova para participar do casamento, merecia.

Quanto ao miúdo, adorou a experiência de kuribota. Confessaria mais tarde ser muito mais emocionante espiar pessoas que fazer armas. Registrei esse interesse, podia ser útil no futuro.

Como tinha razão...

A gratidão do coronel foi uma constante na minha vida. Ele rapidamente foi promovido, vencendo o outro, o da Inteligência militar. Passou a brigadeiro. Descobriu que dei uma ajudinha, sem o avisar. Aumentou mais a sua gratidão e também o respeito, pois lhe dei o empurrão sem sequer o notificar, ele deve ter descoberto por acaso.

Bem, acasos não existem na vida real e também aí houve uma mãozinha que lhe chegou com a informação do meu apoio.

A partir daquele caso, o miúdo-de-um-olho-só passava a vida a me pedir tarefas de espionagem. Não as tinha, apenas ensinava uns ceguetas a atirar com precisão. Mas afinal ele me deu a ideia para o próximo passo. Pus o miúdo a seguir o coronel da Inteligência militar, quando ele saía do quartel e ia a pé para a cidade. Gostava de caminhar, se gabava de ter bons músculos das pernas por isso, marchando todos os dias para manter a forma, sabe-se lá se aparece alguma guerra e estou pronto... O miúdo ia atrás dele e perseguia-o pela cidade, anotando todos os passos naquela cabeça nascida para nada esquecer. No dia seguinte, fazia o relatório completo. Ao fim de algumas semanas, descobri uma coincidência. Todas as sextas-feiras o dito coronel parava junto ao rio que passava ao lado da cidade e se sentava na margem, mesmo no capim. Pouco depois chegava um homem e falava com ele. Lhe entregava um envelope e recebia outro. Troca de mensagens? Desconfiei. Disse ao miúdo, da próxima vez vais atrás desse homem para saber quem é e onde mora. No entanto, o kandengue nunca conseguia a informação completa, porque o homem andava um pouco a pé, depois apanhava um carro e desaparecia.

Teria de recorrer a outros meios. Combinei com o miúdo a expedição. Fui no meu carro ao rio com ele à hora certa de sexta-feira, esperei pelo homem e depois seguimo-lo, mantendo a distância segura, pois suspeitava estarmos num caso de espionagem. O perseguido levou-nos até ao consulado de um país que não tinha as melhores relações com o nosso. Estávamos sem guerra, não era tecnicamente inimigo, mas desmerecia confiança para troca de qualquer tipo de informações, mesmo se tratando de endereços de mulheres fáceis ou qual o restaurante mais na moda.

E pronto, a armadilha para o coronel era agora fácil de montar. Se vendia informações a um país não tão amigo, devia ser denunciado. O que fiz de forma anônima e com todas as precisões necessárias. Disse ao kandengue para ele continuar a seguir o coronel bem à distância, como se nada fosse. Para despistar o meu companheiro, que, na sua ignorância, ainda não sabia o que era um consulado. Entretanto, o coronel também foi seguido e fotografado pelos serviços competentes e acabou por ser detido para averiguações. Soltaram-no uns dias depois mas a desconfiança já tinha sido implantada e foi forçado a pedir demissão da Inteligência militar, ficando numa repartição de logística sem importância e altamente vigiado. Nunca mais subiria de posto.

Fora de combate.

O meu coronel foi portanto promovido com a minha ajuda. Numa conversa, como quem não quer a coisa, lhe contei uma versão correndo no quartel sobre a desgraça acontecida ao rival, sem revelar a perseguição que lhe fizemos. Mas a versão referia o nome do país em questão, detalhe que não se tornara conhecido no Nindal. Por esse meio o coronel percebeu que eu estava bastante bem informado. Não perguntou como eu sabia, são coisas que nunca se perguntam, mas registrou. Sobretudo, o fato de à despedida eu lhe piscar um olho e dizer, já não tem mais obstáculos à promoção tão merecida.

Para bom entendedor...

3

Estava muito cansado de a ver postada à minha frente. A primeira-dama deve ter percebido e se sentou na fileira de cadeiras do meu lado esquerdo, na mais próxima. Sempre foi muito sensitiva, sabia quando me fartava dela. Às vezes um olhar chegava, entendia, fazia o que lhe pedia. Não a comandava, apenas no princípio da nossa relação, para a educar. Deixou depois de aceitar ordens, xingava, não sou tua escrava. Acontecia ser mais violenta e me atirava à cara com minhas mulheres e amantes. Nunca gostei dessa palavra, preferia amigas, namoradas, mas ela sabia do meu incômodo e usava o termo como uma arma mortífera. Sempre a recordar infidelidades, como se fosse crime pior que cuspir na mãe.

O seu ponto fraco, o ciúme escondido.

Ainda por cima, sabia não poder retribuir, o meu espião preferido imediatamente estaria ao corrente e ele nunca teve medo de me contar todas as verdades, por mais duras que fossem. Não era mesmo o seu trabalho? Que ele adorava e lhe fazia ter uma boa vida e mais autoridade que qualquer ministro. O ministro pode apresentar muita pompa e influência, até pode ser déspota nas falas e vestir os melhores fatos. No entanto, qual é o ministro que não treme quando cruza com o espião preferido do chefe?

Quis um dia pôr uma pala, falou-me disso, disfarçar um pouco a falta do olho, percebia provocar alguma repugnância ou pelo menos retraimento nas belas mulheres que procurava. Nem penses nisso, essa é uma marca de honra, perdeste em combate, deves mostrar orgulho na cicatriz. Não lhe quis dizer, essa tua feiura é ótima para o cargo, adoro te ver metendo medo a toda a gente, a mim tanto faz olhar para um só olho ou para os dois, não me incomoda, talvez por te conhecer de miúdo e desde sempre com essa tua cara. Ele aceitou a minha posição, ia fazer mais como então, a vontade do chefe não é para cumprir? Talvez agora, que não me vai ter por perto, se resolva a fazer uma operação plástica e pôr um olho cor-de-rosa.

    Lá está a minha palanca sentada, muito direita, como uma rainha do Norte da Europa, daquelas que parecem ter engolido uma vassoura ou ficado tão ressequidas como o peixe que comem. As nossas rainhas gostam mais do chão, ou sentam diretamente nele, por cima de uma esteira, ou numa cadeira baixa, e com as mãos a querer tocar na terra, que têm sempre de sentir junto de si, podendo mesmo se contorcer nos assentos, como se a bunda ardesse. Muitas vezes descontraídas, parecendo desatentas, desligadas. Também é uma boa armadilha. Os ingênuos acreditam na sua sornice, se sentem à vontade, descarrilam. Elas guardam na memória os gestos, os ditos, os não ditos e os subentendidos. Um dia vão usar contra nós em alguma discussão trivial ou no assunto mais decisivo. Com a nossa arrogância de machos, desprezamos as companheiras.

    Mais depressa caímos no poço.

    Certamente dormitei um pouco, pois há agora muito mais gente no salão. Se foi formando uma fila de pessoas, todas sisudas, algumas até com lágrimas nos olhos, se prostrando à minha frente. Entre o caixão e eles há uma separação com grossa corda vermelha, a minha cor preferida, entre dois pequenos mastros incrustados em bases pesadas. Sei lá como se chamam essas coisas, bastões? Tenho a certeza, essa barreira quase virtual não estava ali antes, o médico e a enfermeira vieram antes olhar para a minha cara sem afastar cordas ou impedimentos. Há quanto tempo foi isso? Interessa? Pouco importa. O fato é este, houve alteração de cenário e parece ser hora da apresentação oficial do cadáver aos súditos e de estes prestarem homenagem à família enlutada. Ao lado da minha palanca estão só os filhos mais velhos, dela e das outras. As crianças foram comer ou dormir, dependendo do tempo. Ou foram brincar com os telemóveis e computadores, já enfastiados de tanta cerimônia, também têm direito de desanuviar, mesmo se é a máquina de dinheiro fácil que desaparece.

    Quem me dera também escapar daqui para um voo sobre o mar. Mas não posso. Não quero mesmo? Sinceramente, é-me indiferente. Era só uma maneira de explicar.

Está à minha frente o Vidal, ministro que nunca quis exonerar, apesar de algumas pressões. Tem tantos anos de governo como eu próprio, suponho ter sido o primeiro nomeado, o meu braço direito. E o esquerdo, já agora. Houve influências, intrigas, me mostraram papéis comprometedores, graves mesmo se acaso fossem verdadeiros. Por um lado, não acreditava facilmente em provas contra os kambas de infância. Sempre esteve do meu lado e isso vale mais que umas assinaturas em contratos superfaturados ou impressões digitais numa cena de crime. O denunciante mostrava o que achava ser as provas e eu olhava para o meu espião-de-um-olho-só. Ele desviava a vista, interessadíssimo no que acontecia para lá da janela fechada, recusando examinar as provas nas mãos do outro, já frias. Não apoiava nem negava a acusação. Se tratando do Vidal, ele não devia ter opinião sobre o assunto, suponho. Se trataria de delicada questão privada, a intuição lhe dizia, não te metas nessa? Arguto, o meu espião. Eu agradecia ao denunciante o seu zelo na defesa das propriedades do Estado ou do povo, o que dá no mesmo, pelo menos em teoria, ou na justa observância das leis, podia até prometer qualquer retribuição futura. Ele ia embora de peito cheio, eu decidia com o meu tempo.

– Sabe? – falava então para o espião. – Esse julga que cágado move todas as patas ao mesmo tempo. Deve ser só um par de cada vez. Perna dianteira esquerda com traseira direita. E vice-versa.

– Cágado dificilmente cai – respondia ele, de fala suave.

– Se ficar de patas para o ar, desconsegue de voltar à posição inicial. Morre. Não dá para arriscar velocidades.

Vidal devia agradecer ao espião-de-um-olho-só a sua perspicácia e fidelidade. Nunca seria afastado do centro por qualquer jogada suja, mesmo se baseada em verdade para outros. Como se eu não tivesse aprendido a plantar provas falsas num cenário de crime, meu primeiro estágio não foi na polícia militar? Fugi rapidamente desse estágio, fui tratar dos meus queridos metais, mas algo me ficou. O espião e eu nos divertíamos a fazer partidas dessas a quem queríamos ter bem seguros, presos aos nossos cintos, de preferência embaixadores estrangeiros. Haverá melhor maneira para conseguir sempre relatórios favoráveis às nossas práticas e intenções? Se houvesse alguma reclamação de um governo, o embaixador estava fatalmente implicado, pelo menos as acusações tinham passado por ele. Ou deviam ter passado, obrigação própria do cargo. Era o momento de usar o que tínhamos plantado. Depois, tudo ficava entre nós, os amigos não lixam os amigos. Um exemplo simples: a propósito, aquele seu relatório sobre o acontecido no domingo me parece exagerado, não acha mesmo? Claro que eles enverdeciam, gaguejavam, como podíamos ter descoberto o relatório?, dali saíam a correr para corrigir o escrito ou ditado dias antes. As almas mal pensantes e ignorantes de assuntos de Estado chamam a isso chantagem.

Ignorantes dos diferentes comércios.

Apenas esquema de sobrevivência para um território fraco perante um rinoceronte enfurecido, incapaz de conter ímpetos assassinos. Barato e eficaz, como arranjar uma jovem linda e aparentemente pura, empurrá-la para a cama do alvo, fotografar ou filmar abundantemente. Serve se houver esposa ciumenta ou o chefe dele for um fundamentalista cristão. No caso de embaixador de um tirano qualquer, é recomendada uma bebedeira e muita conversa de segundo sentido. Gravação completa. Depois retira-se o que não interessa, há sempre umas frases que postas em determinado contexto o condenam a uma morte vexatória. Banalidades, todos conhecem. O curioso é que funcionam sempre. O meu espião era um plantador diplomado, dava para confiar nos seus conhecimentos de agricultura. Com este tipo de pressão, a combina é feita sem sangue e dura para a vida.

Pois, o Vidal... Pesaroso. Tem razão, éramos amigos de infância e de sempre, embora com as distâncias físicas que por vezes a existência dita. Mas como amizade não dá para tudo, deve também estar a fazer contas à vida, quantos inimigos criei? Conta pelos dedos, aposto serem os nomes dos adversários traídos, dos amigos enganados, de clientes roubados, de empresas falidas, de negócios trapaceados. Conta de fato com os dedos, ou então é assim que reza. Nunca estivemos como adultos em missas ou cultos, apenas em funerais, não me lembro de o ver rezar. Há uns que disfarçam a oração, mas os lábios traem-nos. Talvez o Vidal o faça com os dedos. Embora acredite mais na minha primeira intuição, conta os inimigos. A minha morte torna-o vulnerável, quase tanto quanto à palanca negra e aos meus filhos, todos eles. A morte implica sempre uma mudança. Para uns subirem, outros descem. Ele só pode descer. Mas quanto? Pode apenas descer para a condição de ex-ministro, conservando empresas e propriedades. No entanto, pode acontecer algo mais grave e acabar na prisão.

Ou ter a cabeça decepada.

Dependerá de quem ficar nos mais altos postos e da sua relação com essas pessoas. O Vidal era cauteloso, sempre foi, parecido comigo, tivemos os mesmos professores, o padre Caetano, sempre a insistir na bondade necessária e também na contenção da ira e da ganância, palavra que o padre apreciava particularmente, com essa ganância se destruíam impérios ou casamentos, dava tudo no mesmo, fujam da ganância. Vidal também aprendeu com o meu pai, modesto e simples, explicando ser qualidade do homem honesto a moderação e a humildade. O não parecer o que não se é. Aprendi alguma coisa com o pai, Vidal aprendeu mais. Sempre achei. Viveu bué de tempo perto dele, enquanto eu fui estudar longe. Por isso até agora ficava atrás de mim, sem tentar ultrapassar. Conheço alguns inimigos que não pôde evitar de criar. Alguns porque eram os meus. Hostilizou outros por lealdade a mim, recusando entrar em maquinações traiçoeiras. E tinha os seus próprios. Um sócio rancoroso, vindo a público acusá-lo de roubo descarado e desmembramento criminoso de empresas. Uma amante abandonada e furiosa por o seu feitiço não ter servido para vingança, ela é que vomitou bílis e ranhos de cobra por Vidal ter contratado um feiticeiro melhor. E os adversários políticos que o queriam destronar para o substituírem, alguns chegando a forjar provas de negócios ruinosos para o Estado que ele apoiaria. Muitos inimigos, em todo o caso. Alguns acharão demasiados. São os que conheci.

Um dos mais perigosos foi sem dúvida o general aposentado que teimou em concorrer a presidente contra mim e ameaçava mobilizar um exército para o apoiar, sobretudo com aviões e tanques. Podia ser apenas uma ameaça vazia, mas nunca fiando. O Vidal enfrentou-o para me defender, apenas com o apoio de outro membro do Estado-Maior, o general Mário Caio, um grande estrategista mas de péssimo feitio, um verdadeiro ruminante de protestos inaudíveis. Portanto, pouco popular. Os dois juntos evitaram a tentativa do general ambicioso, mas não foi com ameaças e empurrões. Mandaram-no passear para bem longe, lançado por sicários num esgoto correndo para o rio dos crocodilos, assim conhecido o que atravessa a nossa capital por ser abundante nesses sáurios tão gulosos de carne humana.

O espião-de-um-olho-só está com certeza ciente de mais alguns inimigos do Vidal. O espião não dorme, o olho sempre atento. Não sei como consegue, mas não é truque de mago ou trapaça. Experimentei várias vezes testá-lo e sempre se confirmou, estava acordado e sabedor de tudo a seu redor. Se o mandasse investigar determinada pessoa, ele trazia os detalhes dos passos do inquirido, minuto a minuto, se preciso fosse. Quem tem uma arma destas e a sabe usar escapa de muita emboscada, pois então...

O Vidal um dia veio com uma ideia, afinal nada original, já a tinha ouvido de outros países. Talvez todos os países tivessem coisas parecidas e lá estávamos nós a pretender inventar a pólvora dois mil anos depois dos chineses. Desinteressa. A ideia dele era criarmos uma empresa do nosso glorioso partido, com quotas pequenas mas numerosas e divididas pelos dirigentes de confiança. Essa empresa seria o conglomerado de muitas outras, sediadas em vários países estrangeiros, de preferência em paraísos fiscais, cujas quotas eram distribuídas pelos tais dirigentes. Empresas destinadas a intermediarem negócios grandes com o Estado, cobrando comissões que se iam depositando em bancos credíveis. Com esse fundo, sempre a engordar por causa dos juros e os negócios a serem feitos ao ritmo dos nossos desejos e necessidades, podíamos comprar pessoas, instituições, tribunais, armas, exércitos de mercenários, assassinos a soldo e tudo o que fosse útil para nos mantermos à tona. Sem sustos quanto ao futuro. Seria também uma forma importante de o próprio partido se financiar para campanhas, eleitorais ou outras, pois ficaria com uma quota importante, dez, quinze por cento. Por vezes conversávamos sobre isso. Até eu ter decidido que chegara a hora de avançar. O mundo mudava, o continente também, os regimes tinham de ser legitimados por eleições, findo o tempo dos déspotas esclarecidos e seus sucessores designados vitaliciamente, muitas organizações da sociedade exigiam mesmo controlar as eleições. As campanhas eleitorais eram caras, mesmo para escolhas viciadas, cada vez mais difíceis. Só com muito dinheiro se ganhava com certeza. Derrotar o inimigo por se ter o bolso mais recheado sempre foi a melhor estratégia. Por isso achei ser, sim, o momento de criar e fazer engordar as tais empresas do partido, com benefício não só da organização, mas de todos nós que teríamos quotas nessas empresas, mais ou menos, conforme a importância política de cada um.

Assim, todos ficavam contentes e solidários, defendendo com unhas e dentes o que era seu.

Foi nessa altura que a maldita doença me pegou, nem deu tempo para nada. Oportunidade perdida.

O Vidal ultimamente começou a engordar. Como quase todos os meus subordinados e parentes. O mesmo se pode dizer de todos os da elite do poder e da maior parte das donas, exceto o Mário Caio, sempre magro e resmungão. Os outros todos se apresentam gordos e reluzentes, perlados de suor. Gostariam de andar sem casaco, talvez mesmo de bermudas. Claro, nunca o permiti, fatinho e gravata eram de obrigação, a marca desimportava, pois eles escolhiam as mais vistosas. No meio deste calor, é normal gastarem quilos de desodorizante e tomarem dois banhos por dia. Quem lhes manda se alambazarem com as melhores carnes e beberem que nem uns camelos? Eu sou como o Mário Caio, me mantenho magro como uma cabuenha, seco, mesmo fugindo do sol. Porque sol e mar nunca foram bons para o meu humor. Os imbecis que se comprazam com as praias de belas areias e coqueiros. Temos muitas dessas em países vizinhos mas sempre as desprezei, outros façam turismo. Na impossibilidade de me deitar sozinho numa carreira de tiro a afinar a pontaria, prefiro o silêncio dos gabinetes, apreciando as paredes e os tetos das casas ou palácios, nos raros momentos em que meus olhos estão longe de papéis ou ecrãs de televisão... Estavam, meu... Tenho de me habituar a conjugar tempos passados, mas as rotinas não se perdem de um dia para o outro e foge-me o tempo para o presente, eu que só tenho o antes.

Vidal se tornava cada vez mais redondo, desde a cabeça rapada e as bochechas salientes, ligeiramente caídas, aos ombros e tronco. As pernas também. Os braços eram especiais. Cultivava desde miúdo os músculos dos braços. E já a caminhar para a velhice tinha halteres pequenos nos diferentes gabinetes e em casa, para exercitar os bíceps. Se havia alguma coisa de que se orgulhava era dos depósitos em banco e dos músculos dos braços. Braços como troncos lisos da árvore conhecida por nimi, os troncos mais lisos que conheço. Imagino, devia ser a primeira coisa a mostrar às suas conquistas amorosas. Como se elas levassem muito a sério a potência física de um homem. Não lhe tocava no assunto desde os tempos antigos, mas nunca esquecia a força trituradora dos braços do meu amigo, vi-o desfazer alguns tipos mais altos que ele e aparentemente mais fortes. Vidal tinha, além dessa força dos braços e das mãos, maiores que o comum, uma pontaria e rapidez incríveis para acertar na cara do adversário. Um murro e acabava a briga. Por vezes ele fazia durar a luta e diminuía a potência do soco. Ou usava a mão aberta, em chapadas sonoras. Era ver o adversário a ir de um lado para o outro até finalmente desfalecer no chão. KO, dizia o meu amigo, esfregando as mãos uma na outra, como se precisasse de as acalmar. Depois ria para mim, achaste que o tipo me dava porrada?

Não teria mais de dezoito anos quando, à saída do cabaré mais conhecido da nossa cidade natal, se meteu em discussão com um branco grande e forte, também de cabeça rapada e falando grosso, com muito palavrão pelo meio. Daí a nada começou a porrada. Dois murros foram do outro, o terceiro foi de Vidal. O adversário aterrou. Mais tarde viemos a saber, afinal era o campeão de boxe da antiga metrópole colonial, o qual estava na nossa cidade em descanso de guerra. Entre campanhas pugilísticas, ganhava bom dinheiro como mercenário contratado, não sabíamos então por quem, para combater no país do oeste, sempre enrascado em guerras civis. Escapou no mato aos tiros dos inimigos, não ao direto do meu amigo.

Portanto, era ótima companhia quando decidíamos entrar nas zonas que os grupos mafiosos consideravam suas por direito divino, não apreciando muito a nossa intrusão de donos desapossados da terra, embora por lei não pudessem evitá-lo. Grande Vidal! Fiz bem em protegê-lo estes anos todos, quando até a minha primeira-dama e os filhos aconselhavam a me livrar dele por deitar má fama sobre o governo. Eu ripostava com calor, é um grande amigo e não rouba mais que os outros, que querem que faça, demito quase todo o governo, dois terços do comité central, fico sozinho? Uma presa fácil para os predadores que me perseguem dentro e fora das fronteiras? Ao menos o Vidal luta contra três tipos ao mesmo tempo para me defender, arrumou o general Amílcar com um ronco saído do fundo da garganta. Tenho o dever de lealdade. Acabavam por mudar de assunto, não me punham a par do último escândalo sobre o Vidal, julgavam eles eu não estava ao corrente. Desdenhavam também do meu espião-de-um-olho-só? Sabia todos os pecadilhos do meu amigo, mas qual é o chefe que não tem os seus favoritos, sobretudo se são conhecidos dos bancos de escola, de fazer as primeiras fisgas para pássaros e sardões e de se meter com as miúdas na rua?

    O curioso é o meu filho mais velho fingir não saber que eu conhecia os golpes que ele, o Nhonho, ia dando nas finanças públicas, de que era um responsável. Tinha até vontade de lhe esfregar essas verdades nas fuças, para se calar de vez em relação ao meu amigo. Porém me continha. Se mencionasse o muito que conhecia das suas falcatruas, teria de tomar uma posição coerente, rebaixá-lo na hierarquia do poder, e não me convinha, isso o afastaria de mim e poderia faltar quando dele precisasse. Mas gostaria de não falar de assuntos de família, são demasiado delicados mesmo para um tipo deitado num caixão forrado a cetim branco. Pois é, deve ter sido escolha da palanca. Normalmente seria cetim preto, suponho. Mas ela sempre gostou do branco para vestidos e sofás. Sobressaía mais a nossa cor, suponho ser a razão. Nunca me permiti perguntar.

    A minha palanca era ciosa da sua privacidade.

    O lustre fica em cima da minha cabeça. Não era assim? A sala tem dois candelabros gigantescos, exatamente a um terço e a dois terços da parede norte. Antes era só um a meio, no tempo do meu antecessor. Depois de alguns anos da tomada do poder, resolvi acrescentar um lustre ao anterior e fazê-los mais potentes, setenta lâmpadas a mais em cada um. Se tornou um salão resplandecente, a aurora do país em afirmação constante no mundo. Pois, devem ter posto o esquife embaixo do primeiro lustre, o do norte. À frente dos meus olhos fica o segundo, o do sul. No princípio não perceberam a simbologia que eu pretendia para a mudança. O norte e o sul casando no equador do mundo, a nossa nação. Tive mesmo de explicar para que os empreiteiros percebessem a minha ideia e um antigo ministro das finanças, mais tarde substituído por outro e finalmente pelo meu filho Nhonho, aprovasse a despesa. Não tinha de o fazer, entraria no orçamento do palácio. Mas insisti para que o ministro assinasse o pagamento das obras, só para o enxovalhar, ele que tinha tido o arrojo de adjetivar o melhoramento como despesa inútil. Num conselho de ministros abandalhei mesmo o energúmeno que em má hora nomeei para tão importante cargo, se há gente a não querer colocar a nossa terra no centro do universo, o melhor é ir plantar inhame, que a batata está cara. Foi exonerado a seu pedido, claro está. Ainda lhe sucedeu um outro, titubeante em demasia, sempre com medo de gastar mais que o estipulado no orçamento, como se fosse possível fazer crescer um país sem investir em obras, até finalmente o Nhonho crescer e eu lhe comprar um diploma universitário dos Estados Unidos, um daqueles que se dá pela benfeitoria paga com um beneficiamento na escola. Se tratou de um pórtico de acesso aos jardins do campus, o qual ficou com o meu nome incrustado, como se devia. Vão mudá-lo depois da minha morte, não duvido, cambada de imperialistas ingratos, sugadores dos povos... Não interessa, tinha alguém formado com licenciatura na família. E um ministro obediente.

 Deviam me ter colocado no meio, entre o lustre norte e o sul. Ficaria implantado no equador do universo para as últimas homenagens. Compreendo, assim há mais espaço para a assistência. De qualquer maneira, preferia ter ficado ao contrário, cabeça a sul, virado para o norte. Não é sempre de lá que vêm todas as ameaças? Pronto, é preciso confiar na guarda presidencial, o verdadeiro exército do país. Eles evitam golpes ou invasões enquanto me têm aqui deitado no caixão. Depois, debaixo de terra, só os vermes me vão visitar. E duvido da capacidade dos vermes em me derrubarem do poder.

A maldita doença fê-lo antes.

Nem me deixou desfrutar do pôr do sol da minha vida, como aquele contemplado da varanda traseira do palácio, abarcando com a vista o morro onde se ergue o centro comercial mais emblemático do país. Da família real, dizem os invejosos. É de família, mas não da minha. É do anterior, a múmia que desgovernou esta terra até os dentes caírem. Não os dentes naturais dele, caídos há décadas, mas os implantados. Para se ter noção do tempo que reinou. Até eu reunir as forças suficientes para o encurralar nas paredes deste palácio, lhe exigir a demissão ou seria julgado sumariamente por um tribunal militar. Ele renunciou ao cargo e não resistiu ao sofrimento da perda. Morreu uma semana depois, não por doze punhaladas como César, nem com cicuta como Sócrates, mas por ataque de melancolia líquida, expressa em diarreia persistente. Assim falou o porta-voz dos médicos que o atenderam, diarreiou até se finar. Coitado do velho! Só queria que ele nos deixasse governar como a nação merecia e vivesse tranquilo os últimos tempos da sua longa vida. Apesar do nosso humanismo, pois não houve nenhum morto ou ferido na ação, planificada e executada com rigor, nem sequer uma ameaça muito forte a eventuais oponentes, tudo se passando na discrição destas paredes, os jornais do partido rival logo gritaram ao morticínio, cresceram os números de supostas vítimas a cada edição que faziam, multiplicadas sempre por cem, até um velho que abandona a vida por ataque melancólico, uma semana depois de deposto, se traduzir em centenas de milhar de vítimas. Tanto esse pasquim e a rádio irmã berraram, que muita gente acreditou e até mesmo o *Financial* de Zurique chamou ao nosso golpe limpo um massacre.

Brincadeira.

Regressemos ao Nhonho. Está nas cadeiras dos familiares, em posição de certo destaque, depois da palanca e os dois filhos adultos dela, um casal. Pelo privilégio de sentar na quarta posição, puxou a irmã para o lado dele. Irmã que não é minha filha. A mãe era uma oportunista da pior espécie, com quem me deitava antes de casar com Efigénia. Engravidou e eu assumi as responsabilidades do reconhecimento do mona, embora pudesse ter dúvidas sobre a paternidade. Em Nindal corriam histórias sobre ela e suas aventuras. O miúdo de fato tinha as minhas fuças, não dava para duvidar. Mas ela conseguia irritar toda a gente, sobretudo a mim. Depois de a ter despachado, sempre cumprindo o dever de enviar dinheiro para o sustento da criança, ela se meteu com outros tipos e acabou por engravidar da filha. Nunca se deslindou quem era o pai. Mau gênio provoca desavenças e disputas. Daí ter morrido num acidente suspeito mas nunca muito investigado, desimportava. Procurei os pais dela, disse, assumo todas as despesas do meu filho, mas tomem conta dele até eu ter uma família para o educar como o canuco de um oficial. Depois de casar com Efigénia, consegui convencê-la a aceitar o enteado.

Se apaixonaram um pelo outro, foi o seu único filho.

Em seguida estão sentados outros filhos meus com as respectivas mães, preenchendo os quarenta e dois lugares dessa fila de cadeiras. Meus irmãos ainda vivos, com os quais de fato pouco me dava, e seus filhos, esposas e sobrinhos, netos, foram atirados para o outro lado por um protocolo exigente em questões de sangue. Resta saber se é tudo do mesmo sangue! Pouco interessa, conta só o que parece e as sagas do futuro confirmarem.

De mitos sei eu.

O Nhonho, com todo o poder de ser meu filho e ministro das Finanças, poderá aspirar à sucessão. O nosso partido não difere dos outros no continente e também na Ásia. As famílias têm muito poder, e as etnias e as religiões em alguns deles. Um membro da parentela do anterior chefe pode se candidatar e até há três ou quatro cidadãos com alguns trunfos. Não só pertencem ao nosso partido como herdaram um nome que foi respeitado. Talvez tenhamos cometido um erro nesse aspecto. Com a preocupação de não aparentar um golpe de força, nunca dissemos ter desalojado o velho por este ser incapaz, venal e ter medo de tomar decisões difíceis, de que resultou uma guerra impopular. Aliás, provocou a guerra por falta de habilidade e depois se queixava dos outros, os intolerantes. Um choramingas. Escondemos essas opiniões, sempre falamos da dolorosa necessidade de o substituir por estar cansado e muito doente, o que foi confirmado pela sua morte uma semana depois. Gabámos com lágrimas nos olhos e voz embargada pela tristeza a sua genialidade, coragem, capacidade de sacrifício, amor ao povo, humildade, e todas as outras virtudes descobertas nos mortos já sem possibilidade real de ameaçarem o sistema. Deveríamos talvez deixar algumas reticências sobre passados obscuros que se espalhariam depois aos membros da família dele, para evitar futuras esperanças de retomada do poder.

Mas quem ia pensar que o meu corpo falharia assim tão miseravelmente?

Ainda tinha força para produzir dez filhos e até havia duas gazelas de olhos brilhantes que gostaria de acrescentar à lista dos meus feitos olímpicos. Sem avisar, mesmo com os exames anuais e completos a que me sujeitava, a sacana da doença me pegou de vez. Por isso, o Nhonho vai ter adversários fortes na linhagem do anterior presidente, sempre salvaguardado como um patriota honesto. Partindo do princípio que o Nhonho aceite o repto. Certamente o Vidal vai propor o Nhonho na reunião do comité central. Embora eu tivesse um melhor candidato para defender as nossas ideias e interesses, o mais certo é elegerem o Nhonho. Depois haverá eleições gerais, como se exige. Será que já se realizou a reunião e existe um escolhido? Pela chegada das pessoas e a maneira como depois se juntam não dá para perceber. Não descubro nenhuma hierarquia diferente do habitual.

Se ao menos pudesse perceber o que fala aquele grupinho lá no fundo... Estão bem dispostos, como se alimentassem a esperança de lhes caber alguém amigo na sorte. Não lhes conheço ligações seguras com o anterior chefe e seus familiares, mas nunca se sabe. O meu espião não andava à procura desses sinais reveladores, ficou tão espantado quanto eu com a minha súbita morte, por uma vez foi apanhado em falso. Suponho. Espero. Porque se ele desconfiava da traição próxima do meu corpo, então escondeu esse dado vital, e não mereceria a minha confiança. Recuso aceitar isso. É injusto para tanta lealdade demonstrada durante a vida. Ele e o Vidal. Bem um para o outro. Se fosse mais ambicioso e perseverante, o Vidal seria um bom sucessor. Apoiando a minha família contra todos os invejosos que vão tentar se vingar. Mas, à falta de melhor, pois o meu preferido nem sonha com a minha ideia, resta-nos o Nhonho segurar a onça pelas orelhas, isto é, o poder de Estado, se tiver unhas e tomates. O Nhonho defenderia as minhas mulheres e os meus filhos, todos eles, pelo menos quero imaginar esse quadro idílico. Mesmo se algumas mães fazem intrigas por ciúmes da palanca negra, nenhuma vai ao ponto de lhe desejar qualquer mal. Só a mãe do Nhonho, essa era vingativa e oportunista, mas felizmente foi pastar para longe.

Sei, o meu espião tinha também a missão de desvendar todos os segredos do harém, para eu poder cortar pela raiz desavenças graves. Antes de tudo, importa a unidade da família. Por isso estabeleci a regra sempre cumprida, a de nenhuma mulher que se tivesse deitado comigo poder arranjar outro, depois de eu a despedir da cama. Porque um homem a mais no meio da ligação podia complicar muito as coisas. Não tinha relação nenhuma com ciúme, porque quando acaba o meu interesse, acaba mesmo. Mas há filhos, há segredos partilhados, e trunfos nunca podem cair em mãos erradas. Por esse lado estou tranquilo, nenhum padrasto poderá utilizar essas armas contra os meus outros filhos e viúvas.

O Nhonho terá o caminho aberto, rezo.

Fora das duas famílias, a minha e a do anterior, há possíveis candidatos. Sobretudo se o comité central do partido quiser fazer uma originalidade e procurar alguém desligado de laços com as forças reinantes. Por exemplo, aquele grupinho lá do fundo. Cabrões, não se cansam e vão embora. Já muitos cidadãos estiveram no salão e deram lugar a outros, mas aqueles estão só a beber à socapa, aposto que o uísque mais velho e caro, a derrotarem a minha garrafeira, de vez em quando rindo, encostando as cabeças para conspirarem, ah, vejo o meu espião-de-um-olho-só se aproximar deles como se nada fosse, as orelhas espetadas para ouvir melhor. Ele adivinha os meus receios e desejos, mesmo depois da minha morte. Para quem trabalhará? Para o Nhonho? Para o Vidal? Para os dois juntos? Para a minha palanca? Talvez para todos, se já estão organizados. Posso ficar tranquilo, será para alguém que preserve a minha memória e defenda os vivos. E suas propriedades. Ficar tranquilo? Tranquilo estou, que me resta mesmo senão a tranquilidade?

Raio de doença traiçoeira.

Em vida deveria ter ajudado a erradicá-la do país. Quando o ministro da Saúde vinha pedir reforço de verbas porque o orçamento era estreito para tanta praga e epidemia, sempre ultrapassado por outros serviços geridos por mais poderosos, eu lhe dizia para pacientar, um dia chegará a vez da saúde, como também da educação, mas isso é só no futuro, quando tivermos criado uma burguesia nacional bem forte, capaz de administrar as riquezas que vão sonegando ao tesouro público, e quando tivermos um exército poderoso, que faça estremecer de medo os vizinhos e nos dê estabilidade total, e quando os nossos serviços de segurança estiverem equipados com o mais moderno equipamento descoberto lá no estrangeiro e com agentes de primeira classe, saídos das melhores universidades e com muitas especializações nas novas tecnologias de espionagem e contraespionagem. Como vê, há muitas prioridades sérias, o país ainda não está seguro. Aguente, está a fazer milagres com o dinheiro de que dispõe, adulava. O velho médico não insistia, baixava a cabeça, suspirava, dizia baixinho uma ladainha na intenção de eu não ouvir, mas afinal eu conseguia entender o sentido mesmo sem todas as palavras, morro eu primeiro então, morro eu primeiro então, já se vê, pois claro, morro eu primeiro então. Finalmente ele sobreviveu para assistir ao colapso dos serviços de saúde, eu é que vou para debaixo da terra.

Talvez tivesse podido ajudar um pouco mais a descobrir a cura desta maldita onça que me derrubou. Não adianta lamentar agora, o dano está feito. Interessa é pensar no futuro dos que deixo, que o meu já está traçado e não me incomoda. Devia me revoltar contra a insídia dessa doença, mas nem isso, tanto me faz. Tenho sossego e devo confessar estar a me divertir bastante com o espetáculo se desenrolando à minha frente.

O espião conseguiu chegar a distância suficiente. Parou, virou a cabeça na direção oposta à do grupinho, ninguém pode saber, só eu, que ele ouve melhor de costas, talvez pela formação invulgar das orelhas, talvez pelo treino, ou porque assim nada o distrai e se concentra nos sons. Está a ouvir e registrar tudo, embora vá cumprimentando com um leve aceno de cabeça os que, com o respeito devido ao seu poder, se inclinam perante a temida figura de luto rigoroso. Antes, eu deixaria passar um bom bocado de tempo, depois atrairia a sua atenção com um olhar ou um gesto combinado e era o suficiente para ele se aproximar de mim e segredar as descobertas. A quem irá agora segredar? Vou estar atento às movimentações, é muito importante saber em que equipe joga ele agora. Os desejosos de o recrutar devem estar a concertar promessas e presentes, sabem ele ser um ativo valioso, ainda mais, decisivo, diria, para qualquer jogo.

Sobretudo, é importante que os adversários não o contratem.

As pessoas postam-se à minha frente, uns fazem o sinal religioso da sua preferência, outros, os ateus, procuram os meus olhos fechados, talvez sem acreditarem na verdade da morte, vão embora. Se se trata de gente importante, então fica mais tempo, não só para mostrar tristeza e respeito, mas, sobretudo, para se fazer notar, ninguém desconfiar da sua lealdade, uns segundos a mais podem constituir trunfos para negociar prebendas com o futuro sucessor. Conheço os truques todos, também os fiz anteriormente.

Quem não tenta enganar os vivos à frente de um morto?

Há movimento percorrendo a sala, como um ventinho que faz todos mexerem, incomodados. O espião-de-um-olho-só avança entre a turba em direção ao meu esquife, com lentidão estudada, evitando empurrar alguém, o que é desnecessário, as pessoas se afastam para o deixar passar, sem sequer roçarem o fato preto, são supersticiosas e o espião pode dar azar, pior que camaleão.

História antiga.

O meu bófia preferido conseguiu fazer introduzir nos livros de escola a história do camaleão que provocava calamidades se alguém lhe roçava no corpo. Bastava um ligeiro contato com a pele dele e o camaleão fazia destruir um bairro inteiro. Ou provocar uma seca durante sete anos, que matava milhares e milhares à fome. Pouco importava o fim da história, se havia algum. Pelo menos, que me lembre, o camaleão não era derrotado e andava por aí, por vezes se confundindo com as osgas, de outras vezes escondido no meio das plantas de qualquer jardim ou parque municipal, pronto a aparecer de repente e se fazer roçar por algum desprevenido, provocando nova catástrofe.

História inventada por ele, suspeito. Um dia o confrontei mesmo, mas me declarou não ser o autor material da lenda, apenas um artífice, o que para mim significava um reconhecimento simulado de autoria. Nem insisti com ele, ri apenas do modo sofisticado que adquirira. Quem diria de um miúdo neto de metalúrgico, que se foi aperfeiçoando seguindo e depois perseguindo pessoas até se tornar em criador de mitos dominadores? É obra.

Como se tratava do segurança mais acarinhado pelo detentor do poder de Estado, eu próprio, os responsáveis pela educação e pela cultura louvaram o efeito moralizador, e todos concordaram com o interesse nacional de a história integrar o ensino obrigatório, informando as crianças e lhes ensinando desde muito cedo o medo pelo estranho. O inventor, seja ele o espião ou não, escolheu bem o bicho, eu que não sou supersticioso sempre me arrepiei quando cruzei com algum desses animais de olhares imprevisíveis. Hoje dir-se-ia que a história do camaleão se tornou viral. É conhecida por todos, os professores repetem a leitura obrigatória, muitas vezes sai nos exames, serviu de argumento para guiões de filmes e televisão, um escritor famoso escreveu um romance baseado na lenda, se tornando portanto um assunto sempre presente no país. Com ela, o medo difuso. Ninguém se questiona sobre qual o medo difundido por ela. Porque pode haver medo de que a mudança corra mal e se fique pior, pode ser o medo de uma qualquer seita religiosa que decapite os infiéis, o medo de se apaixonar perdidamente por alguém ou uma ideia, enfim, podem existir muitas espécies de medo. Não o caso da história do camaleão.

É só isso, o puro medo, O MEDO.

4

O coronel, meu superior que ajudei de caxexe na sua promoção a general, pouco depois me propôs para major. Já era um cargo importante, não haveria mais de cem majores no país. Digo por alto, talvez alguns mais, mas nenhum com a especialidade de tiro a longa distância, chamado *sniper* por alguns modernistas versados em latim de gringo. Éramos uma dezena de atiradores de elite, um pouco mais se considerarmos os que falhavam em metade dos tiros a seiscentos metros. Podiam ser considerados de elite? Não. Éramos mesmo uma dezena que acertávamos a mil metros. Eu era o único a ultrapassar essa distância, portanto seria totalmente justo atingir patente mais elevada. Além disso, me tinha tornado no formador de quase todos os outros. Mais uma razão brandida pelo kamba, é um catedrático do tiro de longa distância, deve ser reconhecido e acarinhado. Os argumentos do general foram ponderados pelo Estado-Maior, passei a auferir um bom salário e melhoraram o carro de serviço. Sem o pedir, em breve obtinha uma carrinha de apoio a casa a tempo parcial, para felicidade de Efigénia, que deixou de ir a pé às lojas. O motorista estava bem industriado, lhe abria a porta se pondo em sentido e carregava as compras. Ela de repente era considerada uma senhora da alta, na opinião invejosa das outras esposas de oficiais, a maior parte delas sem carrinha nem motorista. Tive pena de me despedir do general, transferido para a capital, vá lá visitar-me, lhe mostro uns bons restaurantes, prometeu. O que me aconteceu de vez em quando, sem ser demais para não parecer abuso. Passou de fato a ser general-meu-kamba e ao fim de algum tempo nos tratávamos por tu com a maior naturalidade.

Foi nessa altura que houve o conflito com o vizinho do oeste.

Se tal pendência menor merece mesmo a designação de conflito... O certo é que eles avançaram com um pelotão no nosso território e reivindicaram a célebre curva de rio com muitas promessas de diamantes e outros minerais raros. O Estado tinha em tempos criado uma companhia para escavacar o terreno e descobrir as preciosas gemas. Com parcos resultados. Mas era visível a má disposição dos vizinhos, que faziam caras feias ao ouvirem os tratores a trabalhar o território considerado sagrado e deles. Num dia como outro qualquer, receberam ordens superiores da sua capital e um pelotão avançou intimidativamente para os trabalhadores. Os nossos homens retiraram, como competia a pessoas normais. O governo entretanto estava com uma batata quente nas mãos. O presidente era um merdas, todo acagaçado, não queria guerra nenhuma. O ministro da Defesa dizia ser necessário travar os invasores, senão achavam que estávamos com medo e progrediam a toda a brida, ocupando mais terreno. Forçando muito a nota, numa tirada que ficaria célebre nos anais da República, o ministro da Defesa, desesperado com as hesitações do presidente, gritou em plena reunião com vários membros do governo, conselheiros e oficiais de Estado-Maior, entre eles o general-meu-kamba, o qual me contou. Senhor presidente, disse o ministro, se não lhes opomos resistência, o chefe deles vem por aí e ainda o encurrala na casa de banho e lhe baixa as cuecas. O que não seria muito conveniente para quem quer ganhar as próximas eleições, traduziu logo o nosso governante máximo, arguto apesar de covarde. Guerra não, insistiu ele, arranjem um plano Bê. O ministro da Defesa olhou para os militares à volta da mesa, suspirou com força, disse em voz mais alta que o habitual, têm duas horas para apresentarem um plano que os ponha fora do nosso território e não signifique guerra.

Assim gênero ovo de Colombo antes de ser descoberto.

Sem guerra pelo menos no imediato, acrescentou só para os oficiais. No entender do ministro da Defesa, eterno candidato a substituto do presidente, parecia óbvio o caso poder descambar para ações descontroladas e violentas, das quais beneficiaria no seu projeto se mantivesse calma e argúcia. Já se via com a casaca de chefe do Estado, mesmo sem os diamantes nem os colares que tinham passado de moda.

Na reunião preparatória, o general-meu-kamba decidiu fazer de mim um herói, já o merecia, segundo a sua douta e amistosa opinião. Gizou com outro membro do Estado-Maior, o general Mário Caio, um esquema muito simples mas que evitava guerra, pelo menos não chegaríamos propriamente a uma declaração bélica, embora fosse um ato de força. Todos concordaram no ministério e no Estado-Maior, seria uma boa alternativa e intimidante, a única dúvida era haver alguém capaz de a realizar. Deixem comigo, tenho o homem certo, falou o general, com convicção de oficial competente, de terreno, não só de gabinete.

Obtida a anuência reticente do ministro, preferindo operação mais musculada em que o seu nome ficasse embutido a letras de ouro, para poupar os diamantes que podiam servir para outras coisas, mas com o consentimento entusiasta do presidente, mortinho por aceitar qualquer coisa travando os sanguinários bárbaros do ocidente sem que a guerra fosse declarada, o general-meu-kamba telefonou de imediato para mim.

— O país está a viver uma situação perigosa e só tu a podes resolver. Vem e traz a tua melhor arma e um pequeno grupo de apoio.

Foi o tempo necessário para me equipar a preceito e escolher os meus dois melhores adjuntos no tiro de precisão em qualquer circunstância. Partimos para a capital, distante duas horas de carro. Aí fui melhor informado dos acontecimentos e recebi as instruções finais. À habitual questão, tem alguma dúvida ou reserva a formular, perguntei com descontração:

— Qual é a patente do chefe deles?
— Tenente.

Fiz uma careta, mas disse:
— É para já.

Devo confessar me sentir um pouco frustrado, esperava oficial mais graduado para adversário, mas se havia apenas um pelotão, inimaginável seria ter um major ou coronel à frente. Óbvio, me consolei. Sempre eram os nossos tradicionais inimigos, mesmo se comandados por um tenente.

Partimos muito excitados para a frente de combate. Nunca tinha acontecido, portanto compreende-se...

A dois quilômetros da mina ocupada, nos escritórios de apoio da empresa, encontramos os trabalhadores, técnicos e a pequena equipa de segurança de armas nas mãos e portas e janelas protegidas por colchões. Esperavam resistir à invasão? A olhar para as caras deles, a vontade natural era de zarparem para o mais longe possível. Com uns tantos gaguejares e suores frios, nos explicaram onde estava o inimigo e como aceder à mina.

A meu pedido, um voluntário entre os seguranças, tremendo de medo, foi apontado para guia. Soube mais tarde se tratar do mais novo, acabado de terminar o treino obrigatório, mas com conhecimento suficiente do terreno, pois crescera ali e ajudava o pai a garimpar. Ilegalmente, claro.

Saímos já à noite da empresa e caminhamos com os óculos de visão noturna, para não batermos num pau qualquer e comprometermos a missão por causa de um ferimento estúpido. Acontece em operações de altas horas, por isso a malta prefere andar só de dia. A um quilômetro do objetivo, fomos com o guia dar uma volta à procura de um ponto elevado. Sem mata pela frente. Ele conhecia bem o terreno, por isso se revelava um bom guia, mesmo na escuridão. Encontrou o sítio ideal. De noite não é tão fácil, mas consegui calcular que estaria a uns mil e duzentos metros, cálculos feitos a partir das luzes do inimigo, só conferíveis no dia seguinte, com a claridade do sol. Os meus dois adjuntos assobiaram de espanto, distância louca para se acertar um tiro de registro. Mas como o chefe era eu, eles não se atreveram a contestar, no gênero, nosso major, é longe demais, não vai dar certo, blá-blá-blá. Também é verdade, nem lhes dei oportunidade de exprimirem opinião.

Os militares de baixo ouvem e cumprem, não opinam, mandam as regras da cortesia militar.

– Agora dormimos – disse eu. – Mal comece a alvorecer, o primeiro me acorde.

Deitei no chão e os outros me imitaram, muito pouco convencidos, senti, estavam mesmo contrariados e descrentes. Medo não, era malta treinada a controlar os nervos, com a óbvia exceção do guia. Não lhes expliquei o que ia fazer, tinha uma vaga ideia. O como fazer seria descoberto quando a luz do sol ajudasse a reparar em detalhes. O plano do Estado-Maior era simples, alguns cínicos o considerariam mesmo simplório. Sem ferir ninguém, assustar o pelotão inimigo, levá-lo a retroceder para o seu território. Simplório? Nas coisas simples residem a beleza e a sapiência de um plano militar. Na prática, o tal plano podia se transformar em algo muito pouco simples, essas coisas acontecem aos melhores estrategistas.

Adormeci imediatamente. Nem foi preciso me acordarem, pois o primeiro violeta no céu me pôs de pé. Despertei os outros. Ficamos a olhar para o sítio do acampamento inimigo, até ele se tornar visível. Os meus adjuntos colocaram os binóculos normais e eu estudava a cena com a lente telescópica. Era canja. De fato não ultrapassava os mil e duzentos metros. Só precisava descobrir quem era o tenente (nunca me ocorreu perguntar como a nossa malta conhecia a patente do chefe dos invasores, só agora, é mesmo curioso) e algum ingrediente necessário para apimentar o cozinhado, se necessário. Também era essa a missão dos meus homens, como lhes expliquei. Quando perceberam como eu ia agir, olharam um para o outro, consternados, o nosso major pirou de vez, cacimbou, de que maneira nos vamos safar depois? Bem percebia os pensamentos deles. Mas disseram, sim, nosso major, e olharam com mais atenção para o acampamento, procurando os tais ingredientes para apimentarem o cozinhado.

O guia tinha vontade de perguntar se podia ir embora, estávamos longe demais para ele ver grande coisa e achava que éramos uns loucos que íamos despertar com o barulho todos os deuses malignos da terra. Percebi a intenção nos olhos dele e lhe disse logo, precisamos que nos oriente depois na retirada, podemos nos perder, não conhecemos o terreno, no entanto não se preocupe, isto não é tão perigoso como jogar a guarda-redes no futebol. Isso ele conseguia suportar, pareceu acalmar.

Notamos agitação pouco a pouco no acampamento, gente a andar de um lado para o outro, de tronco nu, uns a lavarem-se, outros a irem ao mato se aliviar de necessidades maiores e menores. Um tipo fazia gestos e parecia dar ordens. Nada garantia que fosse o oficial, normalmente os sargentos são mais expansivos na autoridade e na ordinarice, eu que o diga. Finalmente prepararam a primeira refeição e não tive dúvidas, descobrira o oficial, único a quem levaram comida. Os meus adjuntos concordaram comigo, é aquele mesmo, apesar de não mostrar as bissapas. Truque antigo, proteção de oficial contra atiradores de longa distância. Mas os oficiais de todos os exércitos nunca dispensavam o privilégio de receberem comida em vez de irem buscar. Erro fatal em cenas de guerra, vem nos livros. Não seria ali o caso, estávamos numa de paz, mas o princípio correspondia absolutamente.

Maior razão para admirar os teóricos das guerras.

Me deitei sobre o capim ainda úmido do cacimbo da noite, conversando com o meu fuzil de luxo. Nunca tinha disparado contra uma pessoa, apenas alvos ou animais, isso ia me afetar? Certamente não. Contemplei os postes com as luzes ainda acesas, que tinha detectado durante a noite. Me interessavam sobretudo os postes à volta da lavaria improvisada, onde os garimpeiros passavam terra e calhaus por água para descobrirem os que podiam ser diamantes. Sítio onde se concentraram os soldados invasores. Havia uma canção usada pelos kamanguistas invocando os deuses para facilitarem a caça ao tesouro, mas desconseguia de a lembrar. O guia sabia com certeza mas não me pareceu bem mostrar alguma dúvida sobre qualquer assunto, eu era o chefe inspirador de confiança. Não perguntei portanto. Seria importante trauteá-la para acalmar a minha arma, excitada por entrar em ação. Fiz um último esforço e desisti, não me lembrava nem das palavras nem da música, sempre fui meio surdo por causa de tanto tiro ouvido durante a vida militar. No entanto, de fato não precisava nem de cânticos nem de deuses, nem sequer da tranquilidade da gentil dama que tinha entre mãos, sempre fiel. Só precisava de pontaria. Segredei com voz mansa, minha querida, aqueles lá ao longe estão armados em mauzões mas tu és superior, vais me fazer feliz, estamos casados, esta é a nossa lua de mel, minha adorada. Ela concordou com minhas palavras, lisonjeada, senti a culatra fremir de gozo antecipado, mas mais comedidamente.

– Vou começar. Vocês vejam apenas. Fiquem com atenção aos que saiam do círculo do acampamento.

O primeiro tiro fez o guia saltar e se encolher todo contra um tronco de árvore, mas não lhe dei importância. Uma lâmpada explodiu no acampamento, só depois o som de tiro lhes deve ter chegado aos ouvidos. Bala ultrassônica, claro. Depois apontei ao segundo poste e a lâmpada explodiu. E a terceira. Nessa altura o acampamento ganhou uma animação extraordinária. Todos corriam à toa para a frente e para trás, o tenente se escondia atrás de um saco qualquer, mas com a bunda redonda de frente para mim, pois pensava que os tiros vinham do lado oposto, um perfeito nabo. É sabido, no oeste os oficiais são muito fraquinhos, por isso perdem sempre as guerras. Pelo som, um militar treinado sabe de onde vem o tiro, o que parecia ser ciência demasiado elevada para os invasores de meia tigela. Quarta lâmpada a explodir.

– Faltam duas – disse um dos adjuntos, excitado como se estivesse numa bancada de futebol a festejar um gol da sua equipe.

– Vou deixar uma intacta, para não aumentar o prejuízo da empresa. Depois têm de as repor, sempre é despesa.

Fiz explodir a quinta lâmpada e todos os invasores pararam, olhando para cima. Tinham percebido que não eram o alvo? Mais assustados ficaram. Como podia ser? Quem acertava nas lâmpadas e os deixava sem ferimentos? Nessa altura alguns deles dispararam para o mato próximo. O oficial se mexeu para lhes dar alguma ordem, deu dois passos para o meio do acampamento e então fiz o tiro da minha vida. A bala lhe arrancou o cinto das calças e deve ter rasgado algum tecido na borda da anca. As calças caíram. Puxando as calças para cima, olhando para todos os lados, sem vergonha, o oficial desatou a fugir, deixando arma, comida e os homens.

Debandada geral. Todos apressados em direção à fronteira, o acagaçado tenente à frente, dando o exemplo de heroísmo. Os meus homens riam, assistindo a uma cena melhor que a de um filme de caubóis. Sem nada ver àquela distância nem perceber, pois não tinha binóculos, mas já mais descontraído, também o guia ria por mimetismo. Sobretudo por alívio.

Um minuto de silêncio pesado caiu sobre todo o panorama.

Avançamos então nas calmas para o acampamento adversário, recolhemos armas e roupas, que levaríamos como provas para a capital. O nosso governo depois faria chegar esses restos vergonhosos ao vizinho do oeste. Vim a saber mais tarde, os troféus foram acompanhados de um relatório elaborado pelo ministério da Defesa, sarcástico quanto ao valor demonstrado pelo exército invasor. Acrescentaram ainda algumas gabarolices e uma ameaça final, seguindo o comportamento altaneiro que todos nos acusam de possuirmos por hereditariedade. O presidente nunca conheceu o relatório, senão impedia-o de seguir, por medo de o escárnio nele manifestado provocar o vizinho e ter de enfrentar uma guerra tão indesejada. Entre os nossos oficiais, a história correu, com suplementos ainda mais cômicos, alguns por mérito dos meus adjuntos, de imaginação fértil. Tudo para meu prestígio. Gostei.

Assim ganhei diretamente a patente de coronel, saltando a do meio.

Parecia ter alcançado o topo de uma montanha grande na hierarquia militar, podia aspirar a enorme felicidade. Pela primeira vez na minha vida, comecei a pensar que me aproximava da realização, pois no fundo sempre fui de poucas ambições, um neto de camponeses que apenas gostava de mexer com metais. A estabilidade, uma família mais numerosa, a reforma confortável, tudo isso se avizinhava.

O destino não quis.

Efigénia não engravidava. Já estávamos casados há seis anos, tempo de sobra. Os familiares perguntavam com alguma impaciência, se interrogando talvez sobre a minha competência ou interesse em outra coisa que não fossem armas, eu só respondia, ainda não aconteceu, estou tranquilo, é questão de tempo. Efigénia, por seu lado, se desculpava, procurando pecados do passado e recorrendo a deuses falsos. Não era um drama para mim, os filhos vêm quando resolvem vir, mas era penoso para ela. Foi ao médico do Nindal, fez exames e análises, aparentemente estava tudo normal e os prognósticos eram bons, precisávamos tentar. Ela não ousou pedir diretamente, mas eu intuí, queria que eu também fizesse testes, mas antes que as palavras lhe saíssem da boca me insurgi, eu sou fértil e como sabes gerei um filho que está aí à vista, o Nhonho. Havia quem fazia perguntas malévolas, talvez pondo em causa a minha fidelidade à instituição familiar, preferindo coser meias por fora. As mulheres, essas, olhavam para Efigénia de lado, elas têm sempre a tendência de culpar a fêmea da pouca fecundidade de um casal. Ela dirigia todo o seu carinho para o Nhonho, era uma bênção e um consolo. Mas toda a mulher das nossas gosta de ter um mona parido pela própria, não um, vários. Por muito que lhe esteja ligado, enteado não basta.

Um dia Efigénia perdeu a cabeça.

Começou a frequentar a casa de uma senhora já idosa, que, entre outras valências, também era parteira. Mas se sabia, a sua maior fonte de rendimento era fazer de alcoviteira, juntando casais improváveis, e tinha muitos elixires preparados para resolver assuntos de cama e suas consequências. Efigénia não ia lá por alcovitice, era senhora de respeito, ia apenas por causa das poções mágicas que ajudariam o milagre de engravidar. Poções e muitas rezas, em igrejas de credos diferentes. Ela era ecumênica, tanto lhe fazia ir à católica e em seguida a uma evangélica calvinista ou luterana, ou a uma psicodélica e eletrônica, com aqueles artistas em palco berrando e dando murros no peito, se preciso. Saía de um templo e entrava no outro, quando lhe dava a fúria religiosa. O objetivo sempre o mesmo, gravidez.

Tomou poção demais, não respeitou as regras repetidamente ensinadas, pelo menos foi esta a explicação da especialista nessas artes, chamada a depor no inquérito da polícia militar que mais tarde foi instaurado, e eu acreditei, Efigénia estava de fato cada vez mais desesperada. Em vez de um frasquinho dividido por três dias, deve ter tomado um frasco grande todo de uma vez, como fazem nos filmes com chá de camomila a imitar uísque. Convulsões. Encontrei-a estendida no chão, a deitar espuma pela boca e a espernear, uma vizinha aflita tentando telefonar para os primeiros socorros do quartel. No chão estava um frasco vazio. Eu saí disparado com ela nos braços, corri para o hospital militar, a umas centenas de metros. Me morreu ao entrar no hospital.

Levei semanas a recuperar do trauma. No momento em que tudo parecia correr pelo melhor, promovido a um grau de certo prestígio e sobretudo com uma história que me ia tornando em lenda, quase atingindo o estatuto de herói, tenho uma perda que quase me tira a razão de viver.

Os superiores foram compreensivos e sem eu pedir, mas certamente empurrados pelo general-meu-kamba, me enviaram para a terra natal descansar o tempo que fosse necessário, não tinha prazo de regresso, quando me apetecesse voltava, a segurança do país estava assegurada, depois de o vizinho do oeste ter pedido desculpas e feito promessa de melhor controlar os ímpetos combativos de alguns dos seus oficiais de fronteira. Familiares e amigos não me abandonaram, fui rodeado de mimos, Nhonho também. Fiquei a percorrer os mesmos caminhos da meninice dias e dias, um mês, dois meses, muitas vezes sozinho, mas nem sempre.

Tanto tempo sem conversar com uma arma.

Um dia estava sentado à sombra de uma mangueira, evitando pensar nas desgraças da vida, quando vi um miúdo perseguir um gato esquálido com uma chifuta, que outros chamam fisga. Falhava sempre o arremesso, no entanto o gato sentia a perseguição e miava, ultrajado. Corria um pouco e ficava a olhar para trás. O miúdo metia outra pedra no cabedal, puxava os elásticos e atirava. Ao lado. O gato bufava de raiva e se separava um pouco mais, mas nunca para longe. Talvez acreditasse num rápido arrependimento do garoto ou não tivesse forças para fugir o suficiente. A cena se repetia durante muito tempo. O kandengue era demasiado inábil, seguia a regra nacional de falta de pontaria. Embora conseguisse ser muito pior que os meus instruendos, o que não é fácil. Aí me bateu a saudade do quartel do Nindal.

Da minha vida perdida.

Voltei com pouca chama à atividade, mas me distraía mais na caserna que na casa da família. Aos poucos, fui recuperando. Nhonho, a quem tinha dedicado pouca atenção até ao falecimento da minha mulher, passou a ser uma companhia interessante, com seus oito anos tranquilos. Mais tristonho, sentindo a falta da madrasta boa, que até o ajudava nos trabalhos da escola. Nhonho compensou nesse tempo, embora ele próprio demorasse a recuperar. No entanto, Efigénia é sempre uma dor que mora em mim. Como se viu no transcorrer da minha vida, ela deveria ter algum problema com procriação, pois sou bastante fértil, às vezes até me causa constrangimento possuir semente tão fecunda. Tenho mesmo de assumir as consequências, não sou de fugir à luta nem ao chamamento do dever, qualquer que seja.

Ia cada vez com mais frequência à capital, convidado pelos camaradas, especialmente o general-meu-kamba. Os oficiais estavam a se desesperar com o presidente, que ainda tinha para mais um mandato. Era velho, era fraco, era um cobardolas, indeciso, criando comissões de estudo se um problema ultrapassava a capacidade do governo ou a do seu presidente. E quase todos ultrapassavam. Depois esquecia a comissão, os seus membros também, não havia resultados nem propostas e ele nunca perguntava nada. No entanto, se agarrava ao poder como um mexilhão à sua colônia. E não morria, o raio do kota.

Os oficiais primeiro segredavam, depois passaram a falar alto. Ninguém respeitava o homem, mesmo os da sua guarda pessoal. Os rumores chegaram até ao Nindal, no princípio com certo receio, nunca se sabe onde andam os ouvidos da polícia secreta, mas depois descaradamente. Os camaradas da capital contavam histórias pouco edificantes do presidente, bêbedo de cair, levado em braços pelos guarda-costas, de casas onde fazia libações com amigos e prostitutas. Era gajo de putas, ainda por cima. Eleito por ser moderado, prudente, discreto, com o poder se tornou um desbragado em todos os vícios, parecendo com os excessos tentar ocultar a debilidade e a falta de coragem. Caía em todos os vícios menos no de roubar o povo. Ninguém o acusou de um negócio escuso ou de alguma corrupção. Já o mesmo não se diria de membros da sua família, protegidos por ele, como é habitual.

O mambo principal residia na indecisão, incapacidade de mando e, ao mesmo tempo, se estar tornando num velho beberrão e grosseiro, que em certas ocasiões, mais toldado pelo álcool, era capaz de meter a mão na bunda da mulher de um ministro ou banqueiro, para grande escândalo dos presentes. Quem o tinha conhecido há muito tempo dizia não acreditar em tanta mudança, pois sempre fora um tipo bem educado, delicado, afeiçoado à igreja. Alguns amigos até o abandonaram, ultrajados, outros mantinham conversas com ele mas arranjavam sempre desculpas para não aceitarem os seus convites de excursões a casas de putas, onde podiam ser fotografados e depois chantageados. Os meus amigos entravam nessas operações para armazenarem apoios futuros. E mesmo eu, por interposta pessoa, guardava algumas fotos para uso posterior, no caso de...

Claro, a interposta pessoa só podia ser o jovem-de-um-olho-só.

A mim, com menos de quarenta anos, portanto ainda novo, não me impressionava qualquer mudança no nosso chefe supremo, não tinha modelo para comparar. Mas ficava muito chateado quando sabia de determinada ação importante ter encalhado porque o velho não decidia. Isso me chateava mesmo, sempre fui impaciente para as hesitações. Primeiro, eu acusava os da capital, cambada de burocratas que nunca nos resolvem os problemas, temos sempre de nos virar sozinhos. Mas depois fui sendo industriado, sobretudo pelo general-meu-kamba, o qual era uma espécie de chave para me introduzir nos meios superiores das chefias militares.

Descobri nessas conversas que queriam saber sempre a minha opinião e a ouviam com respeito, por trazer a voz dos quartéis do interior. Eu, um matumbo, galgando a pulso os escalões da hierarquia castrense apenas por ter boa pontaria, que nunca tinha conhecido senão três ou quatro sítios do país, quase um homem de mão pouco instruído, achava estranho como podia ser ouvido por aquela malta, frequentadora das melhores academias militares do mundo, com formação e mais pós-graduações em estratégia, táticas, armamentos reativos ou não, manutenção, logística, finanças de guerra, só lhes faltando talvez teoria sobre guerra nuclear ou no espaço, mas conhecedora da cibernética, de propaganda agressiva, especialistas em estresse pós-traumático, etc., etc... No princípio sentia-me um ignorante tímido, ficava calado, depois me fui habituando à companhia dos generais, porque a parte mais seleta do grupo era constituída apenas por generais do Estado-Maior. Eu no meio deles, se imaginar é possível. Nem sei como me fiz aceitar e porque me ouviam, apesar dos elogios. Nunca entendi bem isso. Só mais tarde acabei por aprender que não era só por causa das minhas competências que fora integrado, havia certos interesses em jogo.

Só mais tarde.

O certo é que o velho não morria e estávamos cercados por vizinhos desejosos das nossas riquezas, até potências longínquas deitavam olhos gulosos para as promessas de minas e rios do país. O velho cortava sempre no orçamento apresentado pelo ministério da Defesa e as nossas armas iam envelhecendo, enquanto os vizinhos obtinham blindados, além de aviões mais modernos que os nossos e, portanto, pouco a pouco, íamos ficando à mercê de apetites alheios. Os generais conspiravam, é preciso forçar o gajo a passar mais kumbú para os meios militares, temos de o convidar para uma parada e fazer uns discursos fortes à frente da tropa perfilada, pode ser que se assuste e assine um reforço urgente de verba. Podemos simular uma rebelião de casernas, mujimbos sobre preparação de golpes militares, coisas assim para o velho se escapulir enquanto é tempo. Conversas entre copos. Dividiam as tarefas entre rodadas de bom uísque velho, que sempre se bebeu muito nos nossos meios militares, claro, quem não precisa de combustível para os nervos se a qualquer momento se pode partir para uma guerra?

Os meus companheiros de copos e má língua eram adeptos fervorosos do ministro da Defesa, indigitado para suceder mais cedo ou mais tarde ao presidente. Podia haver outros pretendentes a nível do partido maioritário e sempre triunfante nas eleições, ainda com o saldo positivo de ter obtido a independência, muitos anos atrás, e vencido todas as guerras civis. Mas, se sabia, depois da experiência fracassada desta presidência, os quadros políticos estavam irremediavelmente afastados do poder supremo. Para poderem conservar a posição adquirida, os candidatos verdadeiros teriam de ser militares com folha de serviço prestado. O que para alguns dos meus amigos constituía talvez uma dificuldade, apesar de não se queixarem de estarem afastados dessa ambição. Os únicos que tinham de fato feito guerra, embora não muita, eram o general-meu-kamba e o general Amílcar. Os outros eram tipos de secretaria, todos burocratas, com exceção de dois que eram altos estrategistas, Diogo e Mário Caio, com teoria aprendida nas melhores academias dos países amigos, mas que nunca tiveram oportunidade de mostrar os seus dotes na prática. O que lhes faltava tinha o ministro da Defesa em demasia, um dos heróis da última guerra civil, o que deu a machadada final ao inimigo, por isso sendo o candidato melhor posicionado. O problema dele era a idade, ultrapassados os setenta anos há tempos, não poderia competir com gente mais nova e com estudos e pós-graduações, desde que tivessem tarimba de quartel e não de secretaria. Vim a saber mais tarde que estes cenários eram discutidos entre eles, mas não à minha frente. Ainda era muito verde e pouco politizado.

Conspirações não se fazem nem com pressa nem com tipos verdes.
Recebi um dia um telefonema, podes vir almoçar?
Era o general-meu-kamba com uma voz estranha. Avisei no quartel, tenho de viajar até à capital, mas certamente estarei cá ainda hoje. Parti no meu carro, sem motorista. Já me tinham avisado, o motorista é muito cômodo e tudo, mas também pode fazer relatórios sobre as pessoas que se reúnem à volta de uma mesa para comer umas lagostas. Se são sempre as mesmas pessoas ou quase,

uma denúncia dessas pode despertar algum interesse. Eu de fato conhecia o filme. Apesar de apenas me dedicar ao tiro de precisão, sempre estive atento às conversas da malta da Inteligência Militar (IM, no nosso calão). Sobretudo depois de ter arrumado com o tal concorrente do meu kamba que pertencia ao clube. São coisas que se não procuram mas que nos entram pela pele e ficam encrustadas.

Espionites.

Nos juntamos à mesa de um restaurante muito caro. Não me preocupei com preços. Até tinha dinheiro para um almoço ali, mas nem seria preciso, o Estado-Maior distribuía liberalidades pelos seus generais. Foi então que me segredaram, ainda não foi tornado público, mas o nosso ministro morreu.

Se tratava obviamente do ministro da Defesa.

– Era a única pessoa capaz de empurrar o velho para alguma decisão mais ousada. Agora estamos entregues aos bichos.

Falou o Diogo, um dos estrategistas formado em duas academias e considerado o mais preparado de todos para desenhar uma operação. Se dizia entre os subordinados, ele concebe obras-primas de planos, sempre imprevisíveis para os inimigos, jogando sabiamente com o poder de fogo, o relevo, o moral de um e outro exército, o momento exato de atacar ou fingir uma retirada para distrair os outros, diminuir a sua concentração e então dar o bote final. Diogo era pois muito ouvido por todas as chefias e não só para a estratégia militar, também para a política.

Os outros aprovaram a fala do general Diogo com as cabeças, copo de uísque na mão.

– Por que ainda não foi anunciada a morte? – perguntei. – É suspeita?

– Não – se apressou o meu kamba, para em seguida corrigir. – De fato só se sabe que morreu no hospital. Dizem, de ataque cardíaco.

– Há ataques cardíacos induzidos – disse eu, para alimentar conversa e me dar alguns ares de entendido.

No entanto, os outros permaneceram calados. Se olharam entre eles. Finalmente, o segundo estrategista, general Mário Caio,

conhecido pela fala anormalmente ríspida, parecendo sempre zangado, mesmo estando entre companheiros, explicou:
— É rápido a entender, não é? Também já o sabíamos, por isso o puxamos para o nosso grupo de amigos. Pois bem... temos falado... não se pode pôr de parte a hipótese que levantou. Gente que não se cala e trata as coisas pelos verdadeiros nomes cria muitos inimigos.
— De qualquer modo, a autópsia é enfática — disse o general-meu-kamba, afagando a barriga.

Era uma frase que não queria dizer nada, cautelosa. Todos esperaram que ele dissesse mais alguma coisa, mas bebeu um gole e estudou os outros, quase sem respirar. Percebi, o meu amigo se tinha tornado político, estava de fato numa jogada. Daí a voz algo nervosa quando me telefonou. Ansiedade? Parecia um pedido de ajuda. Precisava de um tipo de confiança ao lado dele? Para quê? Ou por quê?

— O problema é que o velho mandou bloquear a notícia — disse o general Alcibíades, chefe da Inteligência Militar, a IM, geralmente o mais calado de todos, como lhe competia. — Parece que estão numa reunião muito restrita do partido para encontrarem uma solução. Não fui convocado, nenhum de nós, aliás, pode ser só para os políticos. Querem escolher entre eles o novo ministro para o indicarem logo a seguir ao anúncio da morte?

— Forte possibilidade — disse o baixinho com óculos pequenos e redondos, à Trotsky, o general Amílcar. Suspeitava desde o princípio do nosso conhecimento que também fosse da Inteligência mas me foi apresentado como da Intendência.

— Têm de pedir a opinião da chefia do Estado-Maior — disse um outro, o mais alto e forte de todos, encarregado da Logística. Os amigos diziam que cresceu assim tanto às custas da comida que carregava de caxexe para casa quando começou a trabalhar na Logística e era muito novo. Ele não se chateava, levava para a brincadeira. E parecia ser só mesmo brincadeira, todos lhe demonstravam confiança. Rodrigo, se chamava.

— General Rodrigo, se quisessem a opinião do Estado-Maior já

teriam perguntado – respondeu o homem com óculos redondos, o general Amílcar.
– E se o EM recusar? – perguntou Rodrigo.
– Pode? – perguntou o dos óculos.
Rodrigo não respondeu, baixou os olhos, resfolegando na sua grande corpulência. Nenhum dos outros retorquiu. Não era eu que ia lançar um disparate qualquer. Segui o exemplo do meu kamba, caladinho como um cágado. Fui comendo e bebendo, à espera de perceber porque era tão urgente eu estar com eles no almoço.

O país estava em situação séria, era uma evidência. Até eu já tinha aprendido que o finado ministro era um fator de equilíbrio entre os poderes. O presidente saberia da sua ambição de lhe suceder, o que não era crime nem razão de alarme. Sabia também da fidelidade do general ao poder político, juramento que fizera com a mão na Constituição. O presidente conhecia, o ministro segurava os oficiais mais exaltados e enquanto ele estivesse à frente daquele ministério não haveria revolta, pois era o exemplo vivo da probidade e brio militar. E ninguém podia rivalizar nessa condição. O presidente não era um tolo para arriscar a vida, ou pelo menos o lugar, faltando à consideração ou devidos tributos ao falecido. Agora o fusível tinha estourado e o presidente estava à mercê de alguns sargentos ou, na melhor das hipóteses, dos generais, particularmente os do Estado-Maior.

A sua reforma estava à frente dos olhos.

Pensava nestas coisas em silêncio total e de vez em quando olhava para o general-meu-kamba, tentando perceber o que afinal desejava de mim. Só no fim do almoço, concluí.

Talvez.

5

O espião-de-um-olho-só vem se aproximando, lentamente, como um certo tipo de budista incapaz de pisar uma formiga. Não olha para o chão, olha fixamente para mim. Afasta com delicadeza a barreira de corda vermelha, volta a repor a fronteira virtual sem ruído e chega mesmo ao lado do caixão. Se debruça um pouco e começa a ajustar melhor a gola do meu casaco, com ternura. Vejo a palanca negra se tornar ainda mais rígida, o pescoço comprido esticar em expectativa, como girafa em observação de algum predador mal-vindo. Talvez não tenha apreciado o gesto de carinho que se prolongava. Para lá de qualquer protocolo? Existe mesmo protocolo para tais gestos? O que ela não viu, nem de fato ninguém no salão, foi o segredo a mim confiado pelo bófia. Como só ele sabe fazer, ele e os ventríloquos, falou sem mexer os lábios mas de forma perfeitamente audível.

– Aquela corja lá do fundo acha que o chefe respira, só fala disso, que é tudo uma farsa. Talvez efeito das luzes na gola do casaco, também reparei, os reflexos do lustre criam impressão de movimentos.

Não entendo a razão de ele falar. Acha que o ouço? Como pode saber? Estou morto e por isso nem respondo, nem um olho pisco. Ele continua a passar a mão rude sobre a gola do casaco.

– Querem o Porco-Espinho para seu sucessor. Que o chefe encenou uma comédia macabra e vai ser desmascarado. Esta morte simulada se trataria de uma manobra de diversão para fazer esquecer a determinação presidencial que concedeu ao Nhonho o direito sobre a mina de Malanza. Dizem, mais cedo ou mais tarde a farsa vai ser descoberta e então o povo não vai apreciar ser manipulado assim, se revolta de uma vez. É o que estão mesmo a comentar. Que têm os seus homens preparados para exigirem a demissão imediata. Segredam, o Porco-Espinho comprou uma rádio falida que vai pôr a funcionar para denunciar tudo. Estão muito animados. A acabar com aquele uísque primoroso que o chefe mandou vir da Irlanda do Norte num avião especial. Se gabam, aguentamos de pé mais que ele, apesar de deitado. Vai ter de se mexer e então cá estaremos para certificar e divulgar o grande embuste.

O espião passou a mão pela cara e se endireitou com lentidão. Não esperou resposta. Afastou a barreira de corda, a qual, vendo melhor, é de puro veludo vermelho. Se meteu entre os outros figurantes. Julgava até esse momento estar imune a qualquer emoção, porém desconsigo de evitar uma coisa estranha se apoderando de mim, pura estupefação. Primeiro, o meu bófia preferido fala-me como se soubesse que posso entendê-lo. Segundo, adivinhou as minhas dúvidas sobre o grupo do fundo da sala. Terceiro, haver quem possa conceber que um simples ato administrativo de conceder uma mina a uma pessoa que por mero acaso é meu filho me obrigaria a montar uma farsa desta envergadura, como se usássemos de transparência total nos negócios e métodos do governo para exigir exóticos e complicados truques de encobrimento. Estamos onde? Na virtuosa Suécia ou Noruega?

Parece, querem gozar com a minha memória. Como explicar tal aberração? Passei outras coisas muito mais importantes para várias mãos, inclusive para as do Porco-Espinho, quando ele foi meu ministro das infraestruturas e se encheu com comissões para estradas mal asfaltadas ou pontes que caíam à primeira passagem de um caminhão pesado só porque o contrato estava sobrecarregado de despesas e dispensava inspeções. Entregava essas obras e respectivos pagamentos sem precisar de licença ou de fazer um esclarecimento. Ele era o ministro mais avesso a concursos públicos para obras que eu tinha, lhe chamei a atenção cordialmente. Agora me julgam a perder força?

No fundo, talvez tenham alguma razão, eu devia estar a perder força nos últimos tempos e nem notava. Até apagar de repente. Mas como poderiam eles perceber? Nem a palanca negra, nem mesmo o meu espião tiveram avisos prévios. Estou realmente perturbado.

Qualquer coisa me escapa. Em filmes vi encenações de morte para se atingir um objetivo, político ou outro. Mas com o consentimento do "morto", claro. Ora, não é o caso. Ou alguém dos próximos me deu a tomar uma droga fazendo parar todas as funções vitais sem me pedir aviso? Não tem o menor sentido. Passa o efeito e me levanto do caixão, provocando o terror e depois a admiração reverenciosa do povo imbecil, definitivamente subjugado ao único humano que se levantou dos mortos? Sejamos sérios. Isso só foi referido uma vez ou outra nas lendas e nunca com testemunhas credíveis nem provas visuais ou sonoras. E resultaria no seu contrário, em vez de submissão apenas em revolta popular.

Mostra o baixo nível da oposição. Com tais adversários, poderia reinar mil anos, se o corpo deixasse.

E o espião-de-um-olho-só? Acreditará que o ouço? O mais certo é vir da força do hábito. Tem saudade do tempo em que me contava todas as novidades. Antes de qualquer órgão de informação sequer terminar a reportagem, já ele me dizia o fim da história. Não resistiu à descoberta da conspiração crapulosa, veio relatar. Não acredito em transmissão de pensamento, tipo, eu vi ele a espiar o grupo de insurretos, ele sentiu os meus eflúvios, se sentiu convocado, veio explicar, respondendo à minha pergunta muda. Nem os próprios videntes acreditam nos seus dotes de adivinhação, quanto mais um cético como o meu kamba!... Isso de os videntes desconfiarem dos seus dotes também pode não ser verdade. Pelo menos os que utilizei se mostravam sempre muito confiantes. E acertavam na maior parte das vezes. Coitados dos que falhavam, deixavam de poder adivinhar alguma coisa na vida. Eram tão maus que nem conseguiam prever que seria a última vez que tentavam adivinhar qualquer coisa, incompetentes da merda.

No entanto, existem bons.

Uma vez foi o ritual de me fecharem o corpo a balas ou outros projéteis danosos, porque se suspeitava de um atentado. Sofri com os preparativos, sobretudo os maus cheiros dos produtos com que me untaram o corpo e os fumos que se libertavam das cabaças sobre brasas. Foi útil. De fato realizaram o atentado, dispararam sobre mim, morreram dois seguranças no tiroteio. Saí ileso, para alegria do povo e das igrejas, que organizaram muitos cultos de ação de graças. Os inimigos roeram as unhas e as pontas dos dedos, alguns foram mesmo forçados a roer as mãos e ficaram mutilados como se uma granada ofensiva lhes estourasse nas patas. Nunca mais poderiam assinar uma ordem ou disparar uma pistola. No caso de conseguirem sair da prisão, o que alguns fizeram, mas dentro de uma caixa.

– Não disse ao chefe que valia a pena se blindar? – perguntou depois o meu espião, um raro sorriso no rosto. – Esses kimbandas da minha zona são mesmo capazes.

Concordei no momento e foram bem recompensados pelo sucesso. Já agora, deviam também me ter blindado contra essa maligna que me pegou por traição. No entanto, quem poderia adivinhar? Os videntes tinham a obrigação de descobrir. Falharam. Como falharam com o atentado, não foi nenhum bruxo a avisar da sedição, foram os diligentes sicários do meu kamba-de-um-olho-só que descobriram o mambo no mercado do Arranca-o-Dente. Depois foi apenas seguirem as pistas indicadas pela mais-velha vendedeira de ervas curativas, recrutada há anos para vigiar os traidores. Antes da tentativa fracassada, se soube muito detalhe sobre a conjura em preparação, quais os mandantes e os operativos, sempre desbocados e festejando por antecipação, só não se soube o mais importante, o quando e o onde. Daí ter havido necessidade de blindar o meu corpo com a ajuda dos kimbandas. Não sou crente, apenas constatei o êxito da operação.

E aquela maneira de o meu espião-de-um-olho-só falar? Se ele seguiu as minhas instruções, sou a única pessoa a conhecer esse dom. Dom coisa nenhuma, aprendeu com muito trabalho. Estávamos no quartel do Nindal quando apareceu um ventríloquo com uns bonecos e encenava um teatrinho. O som era ele que produzia, as falas, as discussões, mas sem que o público visse os lábios a pronunciarem uma palavra. O meu jovem amigo percebeu, como todos. Só que nele o truque virou uma obsessão. Começou a treinar ao espelho, imitir sons sem mover lábios, nem uma bochecha tremer. Treinou e treinou. Quando se sentiu preparado, semanas depois de iniciar o treino, me mostrou o resultado, falando uma série de frases numa voz estrídula mas compreensível, com o rosto aparentemente sem expressão nem uma pálpebra mexer. Fiquei impressionado e o felicitei. Mas deixei o recado.

– Bravo, muito bem! Tenho de te felicitar. Quantas vezes e onde fizeste uma dessas exibições?

– É a primeira vez. Quis que o chefe fosse o primeiro a assistir.

– Então te dou uma recomendação. Não mostres a mais ninguém. Pode ser útil um dia, mas se ninguém souber que és capaz disso. Imagina que estás com um grupo de tipos, alguém fez qualquer coisa que queres denunciar aos outros, mas não queres que ele saiba que foste tu. Podes falar assim dessa maneira, com todos a olharem uns para os outros... O tipo foi denunciado e ninguém te pode acusar de nada. Pode ser útil. Se quiseres andar de sítio em sítio, como aquele pobre artista, então está bem, podes mostrar a todos a tua habilidade. Mas vais viver de esmolas. Acho que não é isso que queres.

Ele aceitou o recado. Agora foi útil.

Uma figura se destaca entretanto por entre as pessoas que estão de pé diante de mim. E se destaca porque não é real. Ninguém o via ou reparou nele, aquele senhor de fato preto e ar tristíssimo que ficou bué de tempo em frente ao esquife, muito além do permitido. Mais cinzento que todos os outros do salão, um cinzento que não é de gente. Os outros se inclinam e prosseguem, ele ficou parado, sem incomodar o ritmo da fila. Nenhum segurança o empurrou, avance que impede a marcha da bicha. Pela cara o reconheci, tinha razão para a cinzentez. Está morto há mais de dez anos, ficou conhecido como o "ministro virtuoso". Alguns lhe passaram a chamar "o governante virtuoso". Perdeu o nome de origem, ficou só com a alcunha, virou lenda nacional. Depois da sua morte, talvez fosse frequentador habitual de velórios ou então só possa ser visível para os finados, porque ninguém reage ao tom etéreo dele, de outro mundo.

Então sempre é verdade, os kazumbis existem, se misturam com as pessoas, ninguém que lhes reconhece? Será o caso? Ou a minha imaginação a pregar partidas? No entanto, não houve até então uma só cena em que tivesse usado da imaginação, ela me parecia interdita. Ou morta. Aliás, nesta terra abençoada é desnecessário ajudar a imaginação, a realidade está sempre à frente dela. Admitamos então a presença insólita do fantasma do governante virtuoso, com toda a calma do mundo, dele e minha.

Se tratava de um especialista competentíssimo, apenas conhecido na sua área de atuação, que me aconselharam para o governo, alguns anos depois de tomar o poder e com o tesouro exaurido pela anterior gestão incompetente e corrupta. O indicado tinha sido um aluno exemplar, sempre reverenciado por professores e colegas, o que lhe garantiu uma bolsa de estudos para o estrangeiro, muito rara no tempo antigo. Provinha de família protestante de moral rígida, culto prolongado e com muitos coros todos os fins de semana, obrigação de acolher em casa ao domingo pelo menos dois carenciados que comiam à mesa com os anfitriões, a mínima falta julgada em reunião familiar, com o culpado a decidir sobre o seu próprio castigo e sem intervenção da mãe, pois já se sabe como são moles os corações maternos, sempre prontos a abrandarem qualquer pena. Foi dos primeiros filhos da terra a se graduar na Europa e com notas dignas de envergonhar os sábios da antiguidade. Licenciado em direito financeiro com distinção, regressou ao país e aqui foi trabalhando e subindo na administração até eu o nomear ministro.

Logo se destacou pela rigidez dos horários, para ele e seus subordinados, trabalho até altas horas da noite, retidão das decisões, esmero no seu fato e gravata para todos os momentos. Nenhuma falha a apontar, todos os prazos cumpridos, as decisões do partido seguidas sem vacilação, nada de regalias pessoais nem jogos de interesse. O meu espião dizia, não é possível, não existe ninguém tão honesto assim, deve ter um ponto fraco, todos têm, anda a esconder alguma coisa grande demais. E eu lhe respondia, deixa esse de lado, procura nos outros, não percas tempo nem energias, tens muito lixo a desenterrar. E sempre outro lixo a enterrar, acrescentava com uma gargalhada. O bófia tinha pouco sentido de humor, só␣sorria para me agradar, uma careta breve, o tal esgar.

O problema com malta que recusa entrar em negócios fedorentos e foge de qualquer gasosa ou prenda, mesmo modesta, não são os próprios demônios interiores que todos temos, são os exteriores. A maka são os colegas que sentem como insulto uma comparação depreciativa ouvida num corredor, deviam ser todos como o tal virtuoso, etc... Os demais membros da elite do poder começaram a julgar a atitude do ministro como uma ameaça aos seus destinos, impondo uma fasquia demasiado elevada, e se opunham a ele ou a alguma ideia sua, apenas para o confrontarem na tentativa de o diminuírem aos meus olhos. Notei em reuniões do conselho de ministros. Ele não podia abrir a boca, por vezes para dizer coisas que eu até achava brilhantes, sem que a artilharia adversária ficasse inerte. Um verdadeiro bombardeamento, implacável. O meu espião um dia me contou, o virtuoso começava a se queixar em meios muito restritos do erro de ter aceitado entrar num governo com tanto escorpião. Além de perder a independência de ideias, sobretudo a expressão crítica aprendida desde a infância sobre os pecados dos homens, se sentia mal ao conviver com corruptos e ladrões sem lhes poder chamar pelos nomes, por respeito a mim, que o tinha nomeado e a eles. Também detestava ser desautorizado quando sabia ter razão no que dizia ou propunha, a maior parte dos princípios estando nos compêndios que estudara. Preferia antes ir dar aulas na universidade, onde os ares eram mais puros e as pessoas com melhor vontade de o escutar. Talvez fosse demasiado otimismo essa parte do interesse dos estudantes, mas ele não era perfeito em adivinhas.

Uma chatice dos governantes honestos, atraírem azar.

Como bom cidadão, tinha um defeito, se essa atitude tão comum podia ser considerada defeito. Gostava de mulheres novas, se enjoava rapidamente das antigas. Ninguém na realidade ligava ao fato, tão frequente na nossa sociedade. E será na eternidade, tenho a certeza, conheço a índole masculina. Divorciou da primeira mulher, arranjou uma segunda e depois uma terceira. Antes de entrar para o governo. Vim a saber que tinha deixado outras sem casamento, numa regular mudança de tempo, como as estações dos climas temperados. Já no ministério, se apaixonou pela secretária recente e começou a ponderar um novo divórcio. Como tentava ser correto mesmo nestas andanças, trataria do divórcio antes de mostrar interesse pela subordinada. Em alguns países é crime olhar duas vezes para a empregada, até há leis contra o chamado assédio no serviço. Coisa de anormais, felizmente não entre nós. Um grupinho de mulheres intelectuais um dia quis propor uma legislação nesse sentido, mas logo voltaram ao redil, perante as ameaças brandidas pela própria organização que as representava. Novidades vindas da vil Europa, como se já tivéssemos esquecido todo o mal que nos impuseram durante séculos com suas modernices de tráfico de escravos, colonialismo, homossexualidade e igualdade de gênero.

Com essas novidades o mundo vai para o esgoto, como se vê.

Deixemos de brincadeiras. Vieram falar comigo (não foi o espião, tinha muitas fontes de informação, como se espera de um responsável), contando que o ministério do virtuoso estava numa confusão porque a esposa legítima suspeitou do caso, antes mesmo de ele acontecer, e foi fazer zaragata com a secretária, uma puta que lhe queria roubar o marido, termos dela com todas as letras. Grande kazukuta! O homem conseguiu com dificuldade acalmar as hostes no momento, impondo a autoridade do posto, naquele ministério só ele podia levantar a voz, uma raridade reconhecida por todos. Mandou a esposa em férias na Europa, sem regresso programado.

Foi só então que avançou para a desejada secretária, a qual o aceitou com languidez.

O tempo passou e ele de novo melancólico, sem chama. Pelos vistos, a secretária não tinha sido grande escolha. Arranje outra rapidamente, preciso dele, disse para o meu segurança, ao ser informado do abatimento psicológico do ministro. Parece não ter seguido a sugestão e se apresentava cada vez mais triste, arrasado.

O espião vinha, temos caso, chefe, o virtuoso conta mais inimigos que nós os dois juntos.
Exageros de um homem preocupado, pensei eu.

Os negócios se expandiam, o país estava numa época áurea, gente de todo o mundo a querer fazer biznisses dos grandes, muita oportunidade de enriquecer quem tinha sua porta próxima do palácio ou lhe tinham emprestado uma chave deste. O virtuoso a saber dos escândalos e roubalheiras, ficando cada vez mais bravo, se sentindo impotente para conter os ímpetos da generalizada ganância.

Teve oportunidade de exercer o seu poder imparcial quando um banco quase foi à falência por desfalques sucessivos de alguns altos gestores e também por emprestar milhões e milhões para negócios que nunca se efetivavam, servindo o dinheiro para alimentar viagens e vidas faustosas de alguns, tipo mijagrosso, que devem ter herdado fortunas enterradas pelos seus desgraçados parentes camponeses, conhecemos o gênero. O banco só não foi à falência porque ele me veio contar os mambos, e aceitava que o banco central pusesse lá o dinheiro suficiente para manter a instituição à tona de água, comendo uma grande parte das reservas estratégicas do Estado, na condição de se julgar e condenar todos os criminosos que arruinaram um banco tão importante para o país. Eu disse para ele avançar com o necessário, teria o meu apoio. Entretanto, mandei investigar para saber quem eram os possíveis faltosos, pois seria complicado encontrar entre eles gente muito ligada a mim. Havia só um, meu companheiro de outras vidas, mas que se metera em negócios e estava muito afastado do palácio. Claro, nunca poderia garantir que ele não tivesse ligação, ou na cama ou fora dela, com alguém das minhas relações mais próximas, mas o espião-de-um-olho-só me garantiu, estamos limpos, muata, este caso dá mesmo para avançar, o povo reclama e uma medida enérgica vai dar uma segunda vida ao governo. Reafirmei a nova via com um discurso contra os corruptos e ladrões que roubavam o que era de todos, fazendo manter tantos concidadãos na mais triste miséria apenas por cobiça. As pessoas só ligaram as pontas quando o mujimbo correu sobre o processo e as prisões. Fui aclamado pela populaça, todos faziam adeus e gritavam bravo quando a minha comitiva passava nas ruas, agora bem-vinda e não considerada um exagero de carros e seguranças.

Nunca saí do palácio tão deleitado como nessa altura.

O virtuoso foi de tanta competência e firmeza na ajuda à preparação dos processos e perfeição nos cálculos contabilísticos que treze pessoas foram julgadas e condenadas, mais cinco que não foram kuzuo porque pagaram tudo quanto tinham pedido emprestado, para isso tendo de vender os carros mais caros do mundo de que faziam coleção, ou os prédios em Las Vegas ou um qualquer cassino de Hong Kong. E mais, coisa nunca vista, o julgamento passou em direto na televisão, para mostrar que agora piava mais fino, era mesmo a sério a nossa luta pela limpeza de procedimentos. Mas nem depois deste êxito estrondoso o meu ministro honesto balbuciou um sorriso, aparentemente apenas sonhava agora com a reforma.

Deve se ter queixado amargamente à secretária, isso nunca consegui confirmar, embora o meu bófia preferido tivesse a certeza. Parecia já estar decidido a largar de vez o barco do governo quando a bronca rebentou.

O virtuoso se matou.

É verdade, o governante mais admirado do país cometeu suicídio, cortando as veias na banheira, depois de ter tomado um frasco inteiro de barbitúricos. Comoção nacional. Uma suspeita me invadiu, seria possível ele se roer de remorsos por meter gente na cadeia quando também tinha metido a mão no pote? Mais habilidade que honestidade? Afastei a ideia mas continuei perturbado.

– Há algo por trás – disse uma noite à minha sombra preferida.

– Sem dúvida, chefe. Ou foi assassinato ou então chantagem.

– Como chantagear um homem perfeito? Não lhe chamam de virtuoso?

– Ninguém é perfeito, chefe. Quer dizer, com exceção do chefe, pois claro.

Deixei passar a bajulação. Porque sei, não era na verdade bajulação... Ele sentia mesmo respeito e admiração por mim, era minha criatura. Prefiro pelo menos acreditar. Caramba, qualquer pessoa tem direito de provocar tais sentimentos elevados, nem que seja no seu próprio espião.

Ele foi investigar. É muito bom no que faz, consegue sempre esclarecer as coisas. Uns dias depois houve o funeral de Estado que fiz questão de honrar com um discurso gabando as virtudes do finado, explicando que o ato tresloucado se devia ao labor intenso desenvolvido durante tantos anos, abandonando tudo pelo bem do povo, um chamado esgotamento nervoso por excesso de trabalho e pouco sono, a que se seguiu uma forte e súbita depressão psicológica, aproveitando eu para criticar os que achavam ser errado sepultar no panteão dos heróis alguém que pôs termo à própria vida, acrescentando a alfinetada, que dizer então dos que avançam contra o inimigo em total desvantagem para defender o povo e o país, sabendo que só a morte os espera, não é então a mesma atitude? Deitei uma olhadela rápida ao arcebispo católico e ao bispo da igreja dele, que se mexiam incomodados, e depois terminei com as palavras oficiais de despedida, palavras memorizadas nas escolas.

O meu discurso recebeu grandes elogios nos órgãos de comunicação do Estado, únicos que podem funcionar regularmente num país de democracia avançada como a nossa, pois os independentes são pasquins, todos nós sabemos. Provocou certamente despeito em algumas igrejas rivais da frequentada pelo virtuoso, mas não se pode contentar todos sempre, e eu nem me incomodava em parecer diplomata. Inventaria um modo de compensar as ofendidas, é política da boa, funciona sempre.

Pouco depois do funeral, o espião-de-um-olho-só apresentou-me o relatório do ocorrido, bastando efetuar cerca de uma vintena de prisões, provocando algumas traições e confidências espontâneas (outras nem tanto, para o que se recorreu a certos meios persuasivos).

Fiquei a saber o seguinte. Um grupo de gente da pesada, três ministros no meio, tinha uma proposta a apresentar ao governante virtuoso, única autoridade a poder assinar a autorização do biznisse. Como era lesivo ao interesse nacional, na sua douta opinião, recusou conceder o aval ao negócio. Ameaças, berros, discussões, pressões de toda a ordem. Nada o demoveu. Nem o pedido lacrimejante da secretária e noiva fez vacilar o virtuoso. Afinal a dita secretária tinha sido enfiada no gabinete do ministro por um primo, um dos interessados no negócio. Ela ameaçou romper o noivado, em transe de dor simulada. Ele pediu compreensão, não podia prejudicar o povo que tinha jurado defender, mesmo por amor.

Começa então a grande jogada.

A secretária, se fingindo despeitada e mais triste que um espirro reprimido, lhe apresentou um molhe de ofícios a assinar, quase todos de mera rotina. Confiante, ele assinava sem neles reparar a sério, perturbado pela presença dela. No meio da pilha, já adiantada a noite e o cansaço, desejoso de ir para casa e a ter nos braços na esperança do reacender da chama bruxuleante, o ministro virtuoso assinou a autorização de um contrato, apenas uma página, altamente prejudicial ao país, com uma empresa denunciada por todos os organismos internacionais como sendo de idoneidade mais que duvidosa, até hipóteses sérias de ser o braço econômico de conhecida rede terrorista. Com o contrato na mão, os conjurados foram ter com ele no dia seguinte, por coincidência na ausência da secretária que já tinha embarcado num avião para o sul do território, a pretexto de visitar uma parente moribunda. Brandiram o papel à frente da cara do governante, ameaçando entregar uma cópia a um jornal, que nasceria apenas para publicar a notícia e o fac-símile do contrato, para ser imediatamente proibido pela justiça. Ou autorizava o negócio deles ou o despacho seria publicitado com a sua inconfundível assinatura. Era o fim de mais uma promissora carreira política e do prestígio dele. Como não era nada parvo, percebeu num relance a traição da sua amada secretária.

Então o homem desistiu da vida.

Com conhecimento dos clássicos por força do seu curso de direito, usou um método comprovado pela história desde os romanos antigos como eficaz e indolor. Em água morna, de preferência.

Dramático, não é? Ao que nos leva o extremismo moralista.

Único mistério para nós foi: a secretária-noiva estava apaixonada por ele ou foi apenas uma peça na engrenagem que o triturou? Já sabíamos, o primo introduziu-a no gabinete, mas poderia ser apenas para lhe arranjar um emprego. Ela nunca mostrou sinais de luto ou tristeza pelo passamento do namorado. Em breve andava com o primo, se dizia nos corredores sombrios dos escândalos e mujimbos. Indícios fracos, coincidências? Impossível descobrir tudo porque pouco insisti em esclarecer fatos tão escabrosos e o espião-de-um-olho-só não a quis interrogar a sério. Era muito sensível, o meu kamba-bófia. Ou então mantinha futuras expectativas sobre a dona.

No fundo, pouco interessa saber se a faca tem sentimentos, o que interessa é que corte bem.

Aprendi alguma coisa com estes mambos. O primeiro foi que o nosso instinto inicial estava certo, não se deve mexer demasiado em formigueiro de kissonde, se as pessoas roubam, devemos controlar e mostrar que sabemos, mas sem grandes interferências, porque isso estraga o ambiente de negócios sobre os quais assenta o verdadeiro poder. E que é um disparate total publicitar demasiado certos processos, por exemplo um julgamento importante. Os juristas trabalham melhor na meia-luz dos gabinetes que debaixo dos holofotes das televisões. Terminariam aí os julgamentos transmitidos em direto e passamos a controlar melhor as notícias sobre desvios e golpes financeiros. Só a boa propaganda deve ser dada a conhecer, para que preocupar a população com certas verdades dolorosas? Quem é demasiado sincero e honesto se dá mal, já diziam os mais-velhos na sua sabedoria de muito tempo a observar uns, outros e sobretudo o vento que vem das montanhas.

Ali estava o governante virtuoso fitando-me. De pena, de raiva, de alegria, de indiferença, qual a expressão do seu rosto? Já devia saber a resposta, nenhuma expressão. Como eu, ele não sentia ou não mostrava emoções. A fila de gente vestida para a cerimônia continuava passando através dele. Revi o salão à procura de mais kazumbis. Devia haver muitos, se todos se dignavam assistir às exéquias do seu protetor ou do seu inimigo. Nada à vista. Só o ministro honesto. Devia haver uma lógica, por que só ele? Tantos gostariam talvez de se certificar da minha presença no esquife mortuário, juraram em vida que haveriam de me ver cadáver, porque não se dignaram comparecer? Mais um mistério. O meu antigo subordinado não saberia certamente responder. Se lhe pedisse perdão por tê-lo metido na alhada de um governo de escorpiões, aceitava perdoar-me?

— Não o culpo de nada — respondeu o kazumbi sem mover os lábios, nem se mexer do seu sítio. — Sempre me tratou com consideração.

Já estava para lá da estupefação, por isso nem me admirei um coxito com a resposta imediata, vinda do outro lado da barreira de veludo vermelho.

— Só soube dos seus problemas de consciência quando a fatalidade aconteceu. Se me tivesse falado antes, arranjávamos uma solução, evitaríamos o seu gesto extremo, que nos arrebatou um talento único.

— Quem comete um erro deve pagar por ele, escolhendo o próprio castigo, ensinaram-me desde criança — disse, mudo.

— Educação rígida!

— Assim deve ser.

Ficamos um momento sem comunicar, sentindo a presença mútua. Nada incômoda. As pessoas paravam, faziam quase todas uma pequena vênia na minha direção, continuavam o trajeto. Se demorassem mais que o tempo regulamentado, alguém do protocolo, postado atrás, lhes dava um leve empurrão. Os deveres devem ser sempre relembrados aos recalcitrantes ou distraídos, manda a tradição.

— Se todo o nosso povo tivesse uma educação como recebi, suponho estarmos melhor hoje em termos coletivos — lançou ele.

— Será sempre uma questão de opinião. Ou de crença.

Podia parecer frieza, embora fosse longe da minha intenção. A conversa não me interessava particularmente. Nunca fui dado a discussões de ordem filosófica ou ontológica, uma verdadeira perda de tempo e oportunidades. Obter informações seria mais útil para compreender o que vinha aí, embora o destino já estivesse traçado.

— O médico veio observar-me, parece que perdi um pouco a cor. Nem me lembro se já vieram retocar-me as manchas, embora pareça ser ainda cedo. No entanto, tenho alguma dificuldade com as horas. Estarei a ficar cinzento como o amigo?
— Não. Só depois de enterrado se perde a cor, se permanece como a cinza. Leva dias ou meses a acontecer, como aconteceu comigo. Suponho. No nosso estado, nunca há certezas. Ainda menos sobre o tempo. Nem o assunto interessa. São de fato outras dimensões. De tudo.
— E é fácil sair do jazigo ou sepultura?
— Do que percebi, poucos saem. Em mais de dez anos, só me cruzei com meia dúzia de... seres? Como chamar?
— Mortos? Eu lhe chamei há pouco kazumbi.
— Sei. Apreciei a precisão do termo. É mesmo o melhor, no meu fraco entendimento. Como lhe dizia, parecem poucos os que andam cá por fora. Sem pretender fazer humor ou armar em original, eu arriscaria, poucos kazumbem por aí...

Rimos os dois da piada dele. Era claro, tivemos em tempos uma relação bastante decente, entendíamo-nos como parceiros de alguma coisa. Na situação presente, ainda havia mais razão para cumplicidade clandestina.

— A propósito de kazumbis, sempre é verdade que ficam nas alturas, como o nosso povo acredita?
— Sim, são multidões de figuras difusas, em cima das árvores ou dos prédios altos. Também no cimo de morros. Mas não se distinguem bem formas ou feições, como disse, são milhares ou milhões lá por cima. Por vezes parecem mais uma nuvem, de onde se pode destacar um rosto. Quando éramos crianças, não tentávamos adivinhar que bicho se escondia numa nuvem?

Não alinhei no desvio que tentou para a conversa. Insisti em me manter no tema, demasiado importante.

— Ficam sempre lá em cima?
— Parece. Se passamos no mesmo sítio muitas vezes e olhamos com atenção para cima, notamos sutis diferenças, uns ou mudam

ou descem de posição. Quem sabe o que origina as mudanças, tão pequenas elas são? Poucos estamos cá embaixo e com forma humana completa, embora desta cor. Ando sempre por aí e me cruzei com... dez? Nem tanto.

Um por ano, fiz eu a conta.

– E é verdade que os espíritos se metem na vida das famílias, dispondo das pessoas?

– O povo diz isso, não posso confirmar.

– Não fala com eles?

– Não. Não chego lá. Nem com os vivos que andam cá por baixo consigo falar... uma coisa curiosa... as árvores. Quanto mais velhas são mais se queixam. Ouço as vozes, suspiros, gemidos. As árvores falam para mim na sua língua de árvore. Mas só percebo que são queixas...

Devemos ter ficado calados por um tempo. Segundos ou anos? Como ele dizia, não interessa, é outra dimensão.

– Diga-me uma coisa – disse eu. – Teve uma educação religiosa rígida, sempre a cumpriu, toda a sua vida parece seguir um padrão conforme à sua crença. Ficou desiludido quando, depois de falecer, descobriu inexistir deus algum? Ou foi visitado por um deles?

– Não vi nenhum. O que não quer dizer nada, com efeito.

– As religiões ditas do livro ensinam que depois da morte há um encontro com deus...

– São meras transcrições feitas por homens. Os homens enganam-se frequentemente, como sabe com certeza. E os iluminados, ou que pretendem sê-lo, podem ter errado ao fazer um texto. Ou interpretaram mal uma metáfora. As religiões usam muito as imagens e metáforas. Quem nos garante qual é a boa interpretação? E outro fator se deve juntar, as línguas antigas permitem traduções muito diferentes. Terão os sábios e profetas sempre escolhido a versão verdadeira?

– Quer dizer, continua a acreditar na sua religião, no seu deus, mesmo sem detectar a sua presença...

– Esta conversa mostra que tudo é possível, até manter a fé. E poucos são os escolhidos.

– Você foi um deles.
– Parece. E se for temporário? Não me preocupo.
– Curioso. Também não me preocupo com nada. E pensar que dava tanta importância a coisas banais... vejo agora como são banais.
– É como lhe disse. Outra dimensão.
– E eu? Serei também escolhido? Poderei sair do túmulo e andar por aí a visitar velhos conhecidos?
– Quem sou eu para adivinhar isso? Sou apenas um kazumbi. Você mesmo o disse com toda a propriedade.

Esfumou-se, ele que já tinha cor de fumo. Apresentava no entanto forma de pessoa. Agora nem forma nem cor, nada, sumiu de repente. Estou morto, porém não entro em delírios. Mantive mesmo conversa com ele, não me venham tentar convencer do contrário, que foi um sonho ou uma ilusão, ou já o apodrecimento das células do cérebro.

Descrenças prejudiciais ao mundo, pensamento de um ateu.

Vejamos então como está a sala. Não percebo modificações significativas. Claro, as pessoas de pé à minha frente são outras, todas muito importantes. No entanto, já se notam algumas menos próximas em termos de poder. Um ou outro intelectual, talvez furando a ordem de precedência que costuma estar bem estabelecida e os atira para segunda ou terceira posição, pois são inconfiáveis. No caso das caras menos conhecidas, pode haver alterações a nível do governo e ter entrado o chamado ar novo. No fundo, uma ilusão que sempre criei, e antes de mim todos os outros que se sentaram na cadeira presidencial. Põem-se uns mais novos, com mais doutoramentos, fazendo acreditar na competência obtida nas melhores universidades, a populaça delira com a mudança. No fim de contas, faz-se o que eu quero. Queria... Pois, o presente a sobrepor-se sempre ao passado, uma chatice este apego ao que já não é. Mas não pode ter havido mudança no governo, senão já tinha aparecido o novo chefão com ares fanfarrões.

Ora, por enquanto desconsegui de identificar tal personagem, a que todos olham sempre com avidez, de que se afastam subtilmente para dar espaço, um afastamento de lacaio, porque a proximidade queima. O poder é isso, uma chama que incinera quem se chega demasiado perto.

Os ambiciosos esquecem sempre a chama do poder. E são inevitavelmente torrados.

Seria possível o novo dono da cadeira principal nem se dignar aparecer? Por ser meu inimigo jurado e assim mostrar diferenças para o futuro? Não é aceitável. Há mesmo um detalhe importante que refuta essa possibilidade. Se houvesse já um novo inquilino para este palácio o meu espião não teria vindo ajustar a gola do meu casaco só para me fazer aquele discurso de ventríloquo. Que lhe interessaria nesse momento o grupinho de ambiciosos lá atrás? Nada está decidido, é por demais evidente.

Tenho de lhe enviar uma mensagem, só para me convencer de que me pode ouvir, ou sentir, ou adivinhar, sei lá como lhe posso chamar, código morse é que não é. Para me poder ir informando dos conchavos e manobras de bastidores. Para me avisar quando for mesmo importante eu saber alguma coisa. Devo concentrar-me nele, no cérebro dele...

Houve uma ligeira agitação na fila das despedidas e ei-lo que aparece à minha frente. Toca elegantemente no ombro de uma velhinha que lhe impedia a progressão, lhe faz uma vênia, volta a passar a fronteira vermelha e se aproxima do caixão. Finge agora observar alguma coisa do meu lado esquerdo. Entretanto, a fila parou. Nota-se um certo mal-estar, talvez apenas o medo, as pessoas não sabem se devem fazer a vênia e continuar para a frente, se existe outra determinação, ficam à espera de instruções, pela razão de eu ter alguém ao meu lado, não estar sozinho para ser solitariamente reverenciado. Cambada de carneiros, tudo com medo de um bófia, masé. Então não é caso para ter? De certeza já não é por respeito a mim, deixei de contar. Mas ele continua a ser temido.

O meu kamba certamente reparou na súbita paragem da fila atrás dele, por isso tem aquele sorriso-esgar que nele significa um gozo tremendo, que levaria qualquer outra pessoa a se dobrar em gargalhadas.

— Tudo controlado, chefe — me transmitiu ele sem mover um lábio nem fazer estremecer uma bochecha. — Compreendo quando quer entrar em contato comigo, até consigo ler algumas perguntas. Não tem sucessor nem designado nem na calha. Antes pelo contrário, parece tudo encalhado. Ainda não começaram a apontar as armas uns aos outros, mas poderão fazer. O que aumenta as possibilidades do seu filho Nhonho. Estou a trabalhar com o Vidal, ele só sonha com passar metade do ano na Flórida e a outra parte em Cancun, já cumpriu o seu dever de patriota, segundo me disse. Mas primeiro instala o seu filho no poder. Pelo menos foi o que me garantiu, quando o encostei a uma daquelas paredes, mas o chefe sabe, não tenho total confiança na palavra do Vidal, já nos pregou algumas partidas.

Quem tem um amigo destes como chefe de segurança, só pode morrer por uma doença traiçoeira e súbita, pois nem o veneno funcionaria.

No entanto, me incomodava a falta de confiança no Vidal, meu amigo mais antigo. Tal era a intimidade entre nós, que partilhávamos as ideias e desejos mais secretos. Quem teria a coragem que ele teve de me criticar quando mandei prender um bando de jovens que decidiu fazer uma manifestação porque saiu a notícia de a polícia ter queimado menos de uma tonelada de liamba da boa, cultivada por uma cooperativa de camponeses que deviam produzir milho ou mandioca e não uma substância tóxica?

— Em vez de os manter na cadeia, devias ouvi-los. Têm argumentos.

Tanto me sarnou que mandei vir uma delegação dos jovens falar comigo. Já agora também estava curioso com a argumentação que pudessem apresentar. Vieram três. Agradeceram ser recebidos e um deles explicou:

— Resolvemos manifestarmo-nos porque é um direito constitucional e para chamar a vossa atenção para a injustiça que sofrem os nossos camponeses, os quais sempre cultivaram essa planta e usam as folhas com parcimônia, sobretudo os mais velhos. É uma tradição de séculos. Que direito tem o Estado de destruir o fruto do seu trabalho?

Fiquei silencioso. Vidal, ao meu lado, parecia uma esfinge. O mesmo jovem continuou:

– Os estados do norte, os avançados, não só permitem o uso de liamba com alguns limites, como alguns até produzem para exportar, ganhando divisas com isso. Mais cedo ou mais tarde todos os que tiverem clima conveniente vão fazer. Então por que imitar os colonialistas do passado? Os colonialistas deixaram de o ser e agora até aceitam o seu uso e produção. Nós continuamos mentalmente colonizados e proibimos o que os nossos avós sempre consumiram. Não dá para pensar?

Até dava.

Mandei os miúdos embora e, apesar da pressão do Vidal, deixei-os ficar na prisão por uns dias. Para não parecer que me tinham convencido. Expliquei ao meu amigo e ele concordou.

– Sim, quem exerce o poder não pode parecer brando demais. Quando os soltas?

– Muito em breve.

Ele me deu uma palmada no ombro, como fazem os kambas quando estão sozinhos e sussurrou:

– Pode ser um bom negócio para o Estado. E para quem exporte...

Concordei com ele mas não fiz nada.

Dessa conversa com jovens imberbes retive ensinamentos, sem dúvida, mas também uma interrogação. Agora os civis andavam muito com a mania dos direitos constitucionais e por tudo e por nada tentavam fazer uma manifestação. Abortada à partida, pois claro, para que serve a polícia? Além do mais, o que interessa o que diz uma Constituição feita por uns mabecos escolhidos em momento de aperto para se justificar qualquer coisa ou levar um partido ao poder, pretendendo ser definitivamente? Sempre se arranjam depois uns juízes do Tribunal Constitucional que interpretam os direitos como nos interessa, para isso são nomeados.

Esse negócio da liamba era de pensar... Depois, não tive tempo. Como tanta coisa que me escapou porque essa tinhosa me apanhou de surpresa pelas costas...

6

O almoço terminou com os cafés e conhaques de encerramento, sem se avançar mais no caso. Os oficiais tinham de voltar ao Estado-Maior, de onde aliás nunca deviam ter saído, pensei eu, pois numa situação tão séria como a morte de um ministro da Defesa, embora por doença e escondida do público, os militares devem permanecer em prontidão rigorosa nos locais de comando. A desculpa possível era a de saberem por antecipação, ia demorar ainda tempo para o presidente não decidir nada na reunião política que convocara. Depois, sim, deveriam estar disponíveis.

Sabiam o que a casa gasta, assim se tornavam generais.

Já na rua, o general-meu-kamba me agarrou no cotovelo e disse para os outros, avancem, já lá vou ter. E para mim:

– Porra, nunca mijas?

Fiquei calado, estupefato com frase tão íntima e inesperada. O meu companheiro devia estar mesmo perturbado, então é pergunta que se faça na delicada situação? Talvez com modos piores que o aceitável, porque havia a possibilidade de o avilo estar a se meter comigo, respondi:

– Mijo o suficiente. Ainda não tenho idade para correr para a sanita a todas as horas.

– Estava à espera que fosses, para eu ir logo a seguir e te explicar o mambo sem dar nas vistas. Mas tens uma bexiga mais mole que as mamas da minha mulher e não te levantaste. Vou ser o mais direto, como militar... Que achas de me candidatar ao lugar de ministro da Defesa?

Demorei mais tempo que o habitual a responder, primeiro porque não ficava bem ele fazer confidências sobre a moleza das mamas da mulher, por outro lado, era uma valente cacetada na cabeça, pelo imprevisto do projeto. O general hoje estava armado em poço

de surpresas. Pesei os prós e os contras da informação, num rodopio veloz de pensamento, frenético como é o meu.
– Não me parece mal. Se estás para aí virado...
– Achas mesmo que não é uma burrice? Fala à vontade, sabes como é, gosto de saber a tua opinião franca.
– A minha opinião será sempre franca, não duvides. E não é burrice à primeira vista... se conseguires ter apoios, sobretudo dos nossos companheiros de armas. Se não conseguires apoios, alguns daqueles mesmo fortes, então pode ser burrice ou um mau tiro no escuro... Conheces o provérbio ou quê, dar um passo maior que a perna. Mas é como tudo na vida. Uma aposta, uma escolha. Às vezes uma queda...

Nunca tinha sido tão filósofo na minha existência. Vendo bem, pelo que sabia dos outros membros do Estado-Maior, com exceção do chefe, que não conhecia senão de lhe dar um bom-dia deferente uma vez em que cruzamos num aniversário na casa do general-meu-kamba, o companheiro tinha tarimba, experiência de guerra e subira muito depressa por causa disso e da minha ajuda. Mas o mérito inteiro era dele, eu me limitei a eliminar um concorrente. Recebeu algumas medalhas, mas isso todos tinham, ficava bem nas grandes reuniões da festa da Independência ver as fardas com os ouros. Ele ganhou uma mais importante, a de mérito em combate, nem todos chegavam lá. Podia ter apoio daqueles com quem tínhamos almoçado? E o próprio chefe do Estado-Maior não aspiraria ao ministério? Este também obteve a medalha de mérito em combate, e bem antes do meu amigo.

– Consigo alguns bons apoios, podes crer. Queria apanhar-te a sós, mas demoraste a vir e quando chegaste já estávamos à mesa e depois não foste à casa de banho, como eu presumi, porra, todos vão, ou para lavar as mãos antes de comer ou para mijar depois. Fiquei desapontado.

– Não deu para chegar antes, desculpa. Vim imediatamente. E como já estavam à mesa, nem me passou pela cabeça ir lavar as mãos. Também não havia criancinhas a quem dar o exemplo...

— Sim, compreendo, não te estou a culpar de nada... Apenas esperava que propusesses o meu nome para o cargo, ali à mesa. Eles iam aceitar.

A política realmente punha-me a cabeça à roda. Se eu propusesse, os outros aceitavam? Aqueles kotas, oficiais de longa carreira? Na verdade, carreiras de secretaria... mas e depois? Que valor teria a minha opinião? Admitamos, sou uma lendazinha por causa daqueles tiros bem disparados contra os invasores da mina. Isso faz de mim um fazedor de ministros? Eu? Não faço a mínima ideia de que se tece a política, senão almoços e intrigas sobre superiores e companheiros. Leio muito, sobretudo biografias dos grandes homens, lá isso é verdade, mas chega para me iniciar em jogos de poder? Alimentava realmente naquele momento todas as dúvidas sobre o estado mental do general-meu-kamba, o que era chato, pois ele demonstrava muita consideração ao me inteirar dos seus planos e eu contrapunha com todas as dúvidas sobre a sua sanidade.

— Não sou general. Que força tenho para te propor?

— Deixa a modéstia de lado, nem temos tempo para essas merdas. Todos os nossos amigos te invejam, obtiveste mais prestígio com aquela operação contra os invasores que todos nós juntos. Não sabes o que se fala e conta nas rodas de militares? Nasceu um novo herói perto de uma mina de diamantes, o maior diamante é o major. Vem numa canção que compuseram. Ou não sabes também disso? OK, não tem o teu nome escarrapachado nela, mas um miúdo da rua sabe quem foi o major brilhante. Além disso agora és coronel, todos se reveem em ti, o representante dos que não são generais, uma elite provocando sempre algumas reticências. E esta malta do Estado-Maior sabe, achando justo ou não, pouco importa, porque sentem o clamor das casernas, onde reside todo o poder, pois é onde se pode preparar uma insurreição. A tua proposta tinha mesmo muita força, vinda da base das forças armadas...

— E quem me elegeu representante da base das forças armadas? Que eu saiba, nem eleições há para limpar casernas.

Tentei lembrar uma boa frase de Temístocles ou de Paton,

generais cujas vidas estudara e que deveriam ter expressado em algum momento difícil pensamentos profundos numa sentença curta, para reforçar a minha dúvida. Nada ocorreu, infelizmente.

O meu amigo estava com cara de zangado. Zangado seria exagero. Pelo menos, desiludido. Esperava mais entusiasmo da minha parte? Eu não era feito para manobras de bastidores, homem de terreno e ação, achava não tinha jeito sequer para negociações e jogos.

— Se aceitares, posso promover um jantar logo à noite, com talvez mais alguns oficiais, e discutimos a possibilidade. Nessa altura ainda não haverá decisão sobre o novo ministro. Apenas a informação pública da morte do anterior, esperemos, se decidirem divulgar pela tarde. Deverão fazer um período de espera antes de anunciar o substituto, temos algum tempo. Então, lanças o meu nome no meio da conversa?

Dependíamos um do outro, pelo que eu percebia. Como recompensa, me promoveria rapidamente a brigadeiro, não estava dito mas pressuposto, até porque um ministro da Defesa tem de ter perto de si gente de confiança. Afinal era um negócio em que se dava e se recebia, no fundo se tratava de amizade. Não me interessava muito, incapaz de matar por isso, mas uma promoção nunca era de desdenhar. E que me custava lançar o nome dele? Antes o seu do que o de outro, um desconhecido talvez. Ao lançar o nome, estaria apenas a dar uma sugestão. Os outros que lhe pegassem, discutissem méritos e falhas, decidissem. Teria feito a minha parte em nome da amizade. De qualquer modo todos sabiam, éramos amigos, percorremos um grande bocado de vida juntos, por isso não estranhariam que o apadrinhasse. Ele tinha-o feito antes.

— Não me custa nada propor. Até deves dar um ótimo ministro.

Ele me deu uma palmadinha no ombro.

— Vou já organizar o jantar. Uma das minhas primeiras medidas será fazer-te general, prometo. Depois vais para uma academia estudar durante uns anos. Porque general sem curso de uma academia séria pode servir para outros países, não para o nosso, tão farto de guerras e tão cheio de experiência militar... E prestígio, nunca te esqueças...

— Não é necessário...
— Brincas? Claro que é necessário. E justo. Precisamos de um general especializado em tiro de precisão. Nunca o tivemos no país. O máximo foi um major que depois foi promovido a coronel.

Deu uma gargalhada.

Felicidade recíproca, não custa nada cultivar amizades. Da conversa, um detalhe sobressaía no meu cérebro um pouco distorcido pela paixão. Pelos vistos, o tiro de precisão não era muito conceituado no país. Por isso usavam mais a palavra *sniper*, o que para mim não era a mesma coisa, embora devamos descontar, todos gostam de americanices.

Ele partiu para o Estado-Maior e fiquei sem saber se voltava ao Nindal, se ficava por ali a preencher tempo. Não fazia sentido rodar duzentos quilômetros para os voltar a fazer antes do jantar. Fui portanto ao cinema. Sempre um fanático por cinema. Hoje em dia pouca gente vai, a televisão, os computadores, os telemóveis e outros eletrônicos ocupam o lugar do cinema. Uma pena, tinha muito mais encanto ficar numa sala, ouvindo alguns ruídos de fundo vindos da assistência, os gritinhos de medo das moças quando o terror avança, os aplausos dos rapazes quando o herói dá murros a dez adversários, derrubando-os a todos, enfim, ainda sou do tempo em que não havia pipocas e bebidas nas salas de cinema, o máximo permitido era mascar chuingas até morder a língua numa cena de suspense. Ou de erotismo.

Não me lembro de qual o filme desse dia.

Andei em seguida de carro pela cidade meio desconhecida, com medo de me perder. Tinha de instalar um GPS no automóvel, tornava tudo mais fácil. Um dia desses... Finalmente o general-meu-kamba ligou, explicando qual o restaurante do jantar e a hora. Estudei o sítio no mapa que estava sempre no *tablier*, ele dera o nome da rua. Não parecia difícil de encontrar. Ainda faltava uma hora. Parei num parque perto do restaurante, andei um pouco para esticar as pernas, sem querer pensar na forma como iria abordar o assunto. Não havia problema. Ele ou alguém puxaria o mambo para a mesa. Eu só aproveitaria uma deixa da conversa, quando se falasse em sucessão e candidatos, para avançar com o nome dele. E, claro, diria que ele tinha combatido na última guerra civil e até recebeu uma medalha por patriotismo e bravura. Era o único bom trunfo. Depois os outros decidissem.

Porém, estava ansioso.

Não por causa do jantar e da maneira de ajudar o meu kamba. Mas por não ter sido ainda anunciada a morte do ministro. Sempre que estava no carro, ligava o rádio para os canais de notícias. Seria um mujimbo constantemente repetido, aparecendo logo os analistas e comentaristas a especularem sobre o que não sabiam, as causas da morte e quem seria nomeado. Era uma espécie de desporto nacional, ir para a televisão ou rádio, dizer umas frases bonitas e adequadas ao momento, sempre mostrando patriotismo e engajamento com o partido do poder, para depois atirar para o ar um prognóstico ou uma presunçosa análise. Sem perigo, pois no dia seguinte, e tendo tudo saído ao contrário do previsto, ninguém se lembrava do que fora dito, apenas se ficava na memória com a cara da pessoa que, de repente, era muito cumprimentada na rua, um gajo famoso que até aparece na televisão. Para isso, de fato, a televisão era melhor, na rádio não se vê a cara, só se fica com a memória do nome, o que já é mais complicado.

Porém, os canais falavam de tudo menos do ministro. Havia portanto ordens de silenciar o fato. Por algumas horas ainda dá. Mas quase um dia inteiro? Os silêncios são feitos para que alguma coisa ou alguém os quebre. Os tabus também. A incapacidade de decisão era venenosa, sintoma de coisa mais séria. Divisões internas, por exemplo. Na época, que sabia dos jogos políticos, das lutas de facções, dos interesses envolvidos nessas disputas? Estava a entrar nelas, porém sem gosto, por obrigação de amizade.

Foi então que vi a palanca negra e ela entrou na minha vida.

Primeiro entrou num café. Sem pensar, fui atrás. Puro instinto de caçador. Dentro do café, não a vi, só um tipo de meia-idade a servir ao balcão e dois homens numa mesa a beberem cerveja. Pensei, entrou para utilizar a casa de banho. Fiquei sem reflexos, o que hoje me espanta, um comprovado homem de ação sem saber como proceder. Saía e esperava lá fora? Para fazer o quê, meter conversa quando ela retirasse? Nada no meu estilo, podia até passar por um perseguidor sexual. O tipo do balcão olhava para mim, curioso. Li no olhar dele, que quer este tipo, vem consumir alguma coisa ou se especar aí no meio da casa sem encomendar nada? A ocupar espaço e gastar o ar. Como se a vida estivesse fácil para o comércio! Coordenei então ideias e achei mais sensato me encostar ao balcão. Pedi uma cerveja. Perguntou qual a marca e fiz um gesto de desinteresse, tipo escolha você.

Claro, me trouxe a mais cara.

A moça, porque de fato era jovem, aparentando uns dezoito ou dezenove anos, apareceu de uma porta lateral e se dirigiu para trás do balcão. Percebi, vinha reforçar a equipe porque a noite se aproximava e o homem do balcão precisava de apoio. Cogitei, ela estuda de dia, à noite tem este emprego parcial para ajudar a família. Estava errado, como mais tarde viria a saber, se tratava da filha do homem do balcão, o dono do café-bar. Fui bebendo devagar a cerveja, olhando para ela de caxexe, com medo de assustar. Linda de morrer. Alta, bem feita, juventude a explodir por tudo que era pele e olhos e boca. Faltava ainda lhe examinar a parte traseira do corpo mas não podia descondizer. A perfeição em forma de mulher. Ela, pelo contrário, nem pareceu me notar. Murmurava para o homem, que lhe fazia talvez perguntas. Tive um baque, seria o marido dela? Ou o noivo? Demasiado velho. Ora, vendo com algum cuidado, ele devia ter a minha idade, bem, alguns anos mais, mas não muitos. E eu não me sentia velho para ela, antes parecia combinar muito bem a juventude e a experiência. Se fosse crente, rezaria para que não tivessem nenhum compromisso. Porque naquele momento eu já estava agarrado, essa jovem tinha de ser minha, nem que fosse preciso me converter ao último ramo de antropofagia científica.

Bebi quase furiosamente o resto de cerveja. Pedi outra. A ela, não ao homem. Foi buscar e nessa meia-volta do corpo pude comprovar que a parte de trás conferia com a da frente, como imaginara. Ao pousar a garrafa à minha frente, nos olhamos pela primeira vez. Aguentou pouco, baixou a vista, se virou para o outro, cochichou qualquer coisa. Não ficou ferida pelo tiro certeiro dos meus olhos. O amor também tinha semelhanças com tiro ao alvo, mas o alvo era outra coisa, não um papelão ou tábua sem alma. Eu fiquei fulminado, uma dor terrível na coluna, como se duas vértebras tivessem sido esmagadas por aqueles olhos de cor indefinida variando entre o amarelo, o negro e o verde, uma Jamaica qualquer ondulando ao vento.

Tocou o telefone. Era o general-meu-kamba, te perdeste?, já estamos no restaurante. Sukua!

Bebi toda a cerveja de uma vez, paguei, olhando em triste despedida para ela. Não me ligou nenhuma importância, nem reparou na gorjeta faustosa. Deve ter reparado o homem, que a meteu logo na máquina de registrar.

Ia derrotado para a conspiração, o que não era decididamente um bom presságio. Bastava atravessar a rua e andar vinte metros. Pareciam quilômetros, como se estivesse amarrado ao café e o arrastasse comigo.

Todo o peso de uma palanca negra.

A sala estava cheia mas as mesas coladas umas às outras, em forma de U. Portanto, o meu amigo tinha reservado o restaurante inteiro para a conversa. O pagamento sairia do bolso dele ou do Estado-Maior? Nunca lhe faria essa pergunta, é claro. Ele me indicou um lugar vago entre dois oficiais que tinham estado no almoço, o general Diogo, o brilhante teórico de estratégia, e o Rodrigo, o grandão simpático da Logística. O general-meu-kamba, à esquerda de Diogo e ao lado de Alcibíades, ficava exatamente no centro exterior do U. Se seguiam os outros dois generais, Amílcar e Mário Caio. De fato, nós os seis do almoço estávamos nos lugares de destaque, comandados pelo organizador. Como não havia ninguém sentado à nossa frente, apenas na parte exterior do U, todos nos podíamos ver. Uma mesa planificada ao milímetro. Com um buraco na ponta direita, logo preenchido por um coronel da Inteligência que estava à porta e a tinha fechado depois de eu entrar. O coronel sentou na ponta direita, ao lado da porta, em prevenção.

– Pedi a vossa comparência a este jantar para conversarmos com calma. Como veem, o restaurante é ocupado só por nós. Dispensei todo o pessoal, mesmo o dono. A comida está na mesa e o vinho também. Há uma reserva de vinho e digestivos ali no canto, que depois poderemos utilizar, conforme a sede. Isto para dizer que, além de nós, não há mais ninguém no restaurante. Talvez algum rato ou barata.

Todos riram. O meu kamba continuou:

– O assunto é grave e não pode haver gente estranha a escutar o que dizemos. Lá fora foi posto agora um letreiro a avisar que o restaurante está fechado. E temos alguns homens discretamente colocados na rua para evitar que algum teimoso queira entrar. Estamos entre nós. Vamos servir-nos e começar a conversar.

Deu o exemplo, enchendo o prato com a comida da travessa à sua frente. Imitamo-lo. Alguns abriram as garrafas de vinho e iam enchendo os copos. Quando as movimentações na mesa abrandaram e o ruído acalmou, o general Alcibíades, encarregado de começar a conversa, exatamente por ser muito parco em palavras, disse:

– Todos já sabem que o nosso ministro da Defesa faleceu. Os chefes políticos estão reunidos com o presidente desde as onze da manhã. Nem decidem nada nem comunicam o caso ao país, o que é perigoso. Quanto a isso, não nos cabe a nós decidir. Mas devemos conversar, procurar alternativas. Percebem, claro...

E parou aí, sem ter posto verdadeiramente a bola em jogo. Primeiro fracasso do mentor do encontro.

Só se ouviam os talheres a baterem nos pratos e as garrafas a chocarem nas mesas. Um grupo de cerca de vinte pessoas mudas. Alguém tinha de tomar a palavra e não seria eu. Bem me queria concentrar no problema magno que estávamos com ele mas a figura da jovem do café se sobrepunha a tudo. Estava mesmo agarrado. Talvez o clima político perturbado daqueles dias me ajudasse na missão de amansar o indiferente antílope. Frequentaria o bar ao máximo, sobretudo a partir do fim da tarde. Em todas as ocasiões viria à capital para conspirar enquanto fosse necessário. Não diria o que andava a fazer e no serviço me permitiam tudo. Bastava dizer que tinha uma missão no Estado-Maior, o comandante do quartel, um gajo porreiro, nem me perguntaria qual era ou quanto duraria. Ainda por cima se eu lhe deixasse a pulga na orelha, se passam coisas graves na capital e devemos estar atentos. Pode haver também influência de forças estrangeiras, sabe quais são.

Quem não sabia?

Entretanto no restaurante, a evidente falta de eficácia do general Alcibíades em encetar uma discussão interessante, provocou o contrário, levou toda a gente a mergulhar a cabeça nos pratos, comendo com esmero. Erro de *casting*, obviamente, Alcibíades não tinha nascido com vocação para as palavras, pelo menos para falar, era mais de ouvir, como compete a um gajo da Inteligência Militar. O meu kamba foi forçado a voltar à carga.

— A situação deve ser grave porque não se anuncia nada. Ainda não saiu comunicado, pois não, coronel Assunção?

Era o que fechara a porta da sala. Tinha um auricular num ouvido. Devia estar ligado a alguma rádio para saber das notícias mais recentes e informar o coletivo. Assunção meneou a cabeça.

— Não temos ministro da Defesa, quer dizer, o país está com enorme falha de comando. Não sabemos se é porque o ministro morreu de uma forma pouco natural ou se é porque se não põem de acordo com um nome...

— Isso não faz muito sentido, porque quem decide é o presidente, ele é que tem de avançar com um nome e pronto — interrompeu o general Mário Caio, o segundo estrategista, de fala geralmente agressiva, quase um tique da sua personalidade.

— Não conseguimos averiguar se o nosso chefe, o comandante do Estado-Maior, também está na reunião — disse o baixinho de óculos à Trotsky, general Amílcar. — O que me preocupa também. Um dia inteiro sem sabermos do chefe. E ele poderia talvez avançar com um nome, um nome que fosse do nosso consenso, o que talvez tenhamos todos na cabeça. Porque a tropa não é nada sem o seu Estado-Maior.

Todos apoiaram com a cabeça. Pensei, seria o momento de lançar os dados uma vez que o general Amílcar mencionou um nome de consenso? Nem tive tempo de ponderar, pois desviaram a conversa.

– Pode mesmo ter sido morte não natural? – perguntou um coronel, dos mais novos do grupo, mais ou menos da minha idade.

Ninguém lhe respondeu. Mas aparentemente não era essa a questão interessando Amílcar, que estava mais inclinado para saber (ou discutir?) o nome do substituto do ministro do que desvendar a causa da sua morte. Por isso voltou a falar. Tinha uma forma interessante de se expressar, parecia conversar consigo próprio, ignorando os presentes:

– A seu tempo se saberá. O preocupante é a possibilidade de o futuro ministro ser escolhido por políticos, na sua sempre preclara sapiência, sem perguntarem aos militares qual a ideia. Se o nosso comandante lá estiver, tudo bem, ele nos representa e não deixará tomarem uma decisão tão importante sem nos consultarem, presumo, se bem o conheço, que já andamos juntos há muito tempo, tenho esse privilégio, devo confessar. No entanto, e se estiver doente ou por alguma razão impedido?

– Não, eu telefonei para a mulher dele antes de vir para aqui – disse Alcibíades. – O comandante não almoçou em casa. Tinha saído de manhã para o serviço.

Podia estar ou não na reunião. Mas havia malta ali a supor que o chefe do EM tinha sido sequestrado de manhã, além de o ministro ser assassinado? Tremenda sedição! Era o que se podia depreender em algumas caras e mesmo em frases soltas, um ou outro sussurro. Nunca tinha permanecido com tanta gente do mais alto escalão do Estado-Maior e tentava aprender alguma coisa nas atitudes e ditos. No entanto, estava atônito. Nem reparava nos olhos do general--meu-kamba, me cuscando constantemente, conforme confessou mais tarde. Eu tinha de repente esquecido a missão que me colocava naquele espaço tão distinto entre as sumidades da guerra. Apenas quando me apercebi da intensidade do olhar do meu amigo, inclinado para a frente no intuito de me chamar a atenção, é que lembrei da combina.

Pareceu, não era altura muito própria. Tinham de avançar mais, começar mesmo a escolher nomes. Se falasse naquele momento, fazia figura de parvo. E dava trunfos aos concorrentes. Não me podia gabar de muita experiência a lidar com as forças vivas do país, os raros almoços não chegavam. Porém, aprendera algumas coisas nos jogos de poder na caserna, até mesmo no pôquer. Se deve manter o jogo fechado o maior tempo possível, até se desferir o golpe vitorioso. Talvez fosse essa a mensagem do kamba, espera, ainda não é boa ocasião. Fiquei calado, a estudar como se desenhavam as operações militares mais ousadas, como se imaginavam tácticas inesperadas, de modo a confundir o inimigo. Então não estava ali a nata dos estrategistas do país?

– Deve ter sido chamado no caminho, pois não entrou no Estado-Maior – garantiu o general Amílcar. – Esperemos que seja apenas isso.

– Ora, o que é que havia de ser? – disse Mário Caio, com cara de chateado.

Amílcar não respondeu. Quem se atrevia a confrontar a má disposição permanente de Mário Caio ou a aparência dela? Ninguém pegou na palavra e eu pensava. Perdia então importância a preocupação de só serem políticos a escolher o novo ministro. E as chances do meu kamba também se perdiam, as quais só poderiam existir se fossem estes militares a escolher o futuro ministro. Se o comandante do EM estava na reunião e chegavam a acordo com ele, acabou, havia o anúncio duplo e pronto. Mais uma razão para uns tantos se calarem e comerem rápido o mais possível. Sem esquecer o vinho e o que viria a seguir. Tudo de borla, não é coisa para todos os dias.

Entretanto, a conversa derivou para o futebol, pois havia final da Taça daí a três dias. Eu pouco ligava agora ao futebol e para dizer a verdade nem sabia quem eram os melhores clubes. Houve um tempo em que me interessava, embora me dedicasse com muito mais empenho a outras atividades, como ligas de metais e soldaduras. Ainda tentei uns treinos mais regulares na equipe do instituto onde estudava. Depois, aos poucos, talvez por causa de novas amizades e pelo ingresso nas forças armadas, me fui afastando do desporto em geral. Por isso passei o jantar muito alheio ao que se discutia de forma acalorada. Para as mentes brilhantes do oficialato, o futebol era muito mais interessante que as análises políticas, estava a aprender.

As dissensões também ganhavam intensidade por causa do fim da comida e a passagem aos digestivos, uísque e aguardente velha. Os generais Diogo e Rodrigo, relativamente calados na conversa sobre os assuntos próprios da refeição, a morte do ministro e suas consequências, estavam agora possessos, esgrimindo argumentos aos berros, com interrupções e apoio dos outros comensais, passando a não haver diferença entre coronéis e seus superiores, o que provava que o futebol era uma atividade democrática, no dizer de um cronista desportivo que eu tinha lido um dia. Duas pessoas estavam caladas, o general-meu-kamba e eu. Três, reparando melhor, porque o general Amílcar também não entrou nesta discussão. O meu amigo devia ser o mais frustrado da sala, mas os meus ouvidos os mais sofridos, porque os dois generais exaltados estavam encostados a mim, um à esquerda, o outro à direita. E por vezes um me puxava pela manga da camisa, como se me quisesse na sua banda. Devem também ter ficado desiludidos comigo, porém para aquela guerra eu não tinha armas.

Findo o repasto e a discussão desportiva, o meu avilo me arrastou para perto do seu carro, estacionado quase à porta do restaurante, como competia à sua alta patente.

– Um verdadeiro fracasso.

– Nem tive tempo de lançar o teu nome.

Ele concordou, fizeste bem, estava com medo de que falasses antes do tempo. Com os nervos, subestimei a tua capacidade de discernimento, meu amigo. Foste impecável.

– Ali houve uns desconfiados de ter havido mais que uma morte, ou coisa parecida...

– Achas mesmo?
Voltei a afirmar, ninguém tinha sido absolutamente claro, mas umas perguntas e alguns reparos a meia-voz davam a entender que alguns oficiais temiam pela vida do chefe do Estado-Maior. Ligavam os dois fatos, morte do ministro e desconhecimento do paradeiro do chefe, o que até era muito provável.

– O Alcibíades telefonou...
– A mulher sabe que ele saiu de casa, mas ninguém o viu entrar no serviço. Que se terá passado no caminho? Ou recebeu um telefonema, mudou de rota para o palácio, e caiu na tal reunião que não acaba?

– Bem, não sabemos se a reunião ainda continua...
– É verdade – disse eu. – Mas não saiu comunicado...

Ficamos calados. Ele entrou no carro. Eu ia me despedir, um pouco perdido na paisagem. De repente me chamou.

– Já é muito tarde. Não vais guiar até ao teu quartel. Tens sítio onde passar a noite aqui?

Por acaso não me lembrara do mambo, lhe confessei.

– O melhor é vires dormir em minha casa. O quarto de hóspedes está sempre pronto.

– Não quero atrapalhar.
– E tu atrapalhas? Segue-me.

Parecia mesmo um comando de chefe. A se preparar para dar ordens ministeriais? Fui buscar o meu carro ao estacionamento, enquanto ele esperava, e depois arrancou. Parti atrás.

Dormimos até mais tarde. Quando apareci na sala, estavam só o general e a mulher, que me cumprimentou muito amigavelmente.

– Vamos comer qualquer coisa – disse ela.

Sentamo-nos à mesa e o general-meu-kamba tinha o rádio e a televisão ligados. Quase sem som naquele momento.

– Houve alguma notícia interessante? – perguntei, de forma desprendida, pois ignorava o conhecimento de Débora, a mulher do meu amigo, sobre os acontecimentos que nos preocupavam.

– Nada – respondeu ele. – Nem uma coisa nem outra.

Adivinhei pela reação de Débora, suspirante, que estava ao corrente da situação e até das pretensões do marido.

O resto da refeição se passou em silêncio. Eu aproveitei e abasteci o estômago para o retorno a casa, sem preocupações com almoço.

Na saída, o general me perguntou se não queria passar no Estado-Maior antes de regressar ao quartel.

– Pode haver mujimbos. Prefiro não telefonar a saber das coisas. Neste momento, todos os nossos telefones devem estar a ser rastreados...

– Vou atrás de ti.

Parecia se tornar um hábito.

Não havia mujimbos, o chefe do Estado-Maior não tinha comunicado nem com a família nem com os subordinados, a mulher agora se preocupava. Um oficial, parente do chefe da segurança do presidente, falara ao primo e este afirmara que o ministro tinha morrido em circunstâncias misteriosas e por isso estavam ainda reunidos no palácio a decidir sobre a situação. Não sabiam se o comandante do Estado-Maior estava no palácio. Claro, até os sargentos e cabos já sabiam da morte do ministro, a notícia se espalhara com o oficial parente do chefe da segurança presidencial.

– O chefe da segurança do presidente não sabe quem está reunido com ele? – perguntei, espantado.

– Para veres como a situação é séria. Dá ideia de que estão sequestrados lá no palácio. Atenção, não estou a afirmar. Só parece... Acho que devias pôr o teu chefe, no Nindal, de prontidão combativa, deve estar a leste de tudo isto. Vai falar com ele. Podes avançar que te pedi para o informares. Ele pode confirmar com o Alcibíades ou outro.

– Talvez o Amílcar? – perguntei, na pesca ao corrico.

– Também serve. De fato até é quem neste momento deve estar à frente do Estado-Maior.

– É o adjunto do comandante?

– Nunca designado... mas é, sim. Conheces o nosso país... Nem sempre as estruturas são límpidas. Mesmo as militares...

Bem me parecia que o tipo de óculos à Trotsky era o mais

importante do grupo. Da Intendência, não é o posto oficial do baixinho, como me disseram? Intendência do poder, masé! Gajo que finge banalidade, e é mais esperto que todos. Chapéu!

Não podia esconder de mim próprio. Por um lado, estava contente com a minha sagacidade ao desvendar aquele segredo. Por outro, seria prudente calar o triste pensamento, o general-meu-kamba nunca seria ministro da Defesa coisa nenhuma, concorria com tipos demasiado fortes e matreiros. Todos fechados nas suas carapaças, olhos e ouvidos atentos.

Me percorreu uma tremura gélida.

– Olha, daqui para a frente, ao telefone é só bom-dia e pouco mais – disse o general-meu-kamba. – Quando quiseres conversar, encontramo-nos ao vivo. Se quiseres, para não teres de fazer sempre toda a distância, nos vemos a meio caminho, naquele posto de abastecimento de combustível, sabes? Tem mesmo lá um bar.

– Já entendi, meu. Entramos em prontidão combativa.

Sempre dava para um certo excitamento.

7

Pouco vai acontecendo à minha frente. Rostos, alguns raros que cruzei algures, mas poucos os reconhecíveis. Do meu lado esquerdo, a fila de cadeiras com os familiares que gerei, do outro lado os familiares gerados para mim. Deve ser muito tarde e eles não saem dali, exceto uma ou outra mãe dos meus filhos. Por vezes levando o rebento, por vezes indo sozinhas. Não controlo bem a sala nem os movimentos das pessoas, tenho clareiras na memória marcando as respectivas localizações, sinal de que vou adormecendo ou então me despegando da realidade.

Quem nunca falha é o meu espião-de-um-olho-só, se colocando à direita ou à esquerda, ou mais para a frente ou mais para trás, vigiando, vigiando, sempre atento às kuribotices, não dorme, uma vez me disse que realmente nunca dormia desde que o nomeei para o seu posto, pois se dizia que os bons seguranças descansavam apenas com um olho fechado e ele, como só tinha um, não podia se permitir ter o único cerrado. Uma vida sem dormir?, duvidei eu e ele disse, não me lembro de estar sem ver um raio de luz, mesmo de uma vela ou do luar. Quando era miúdo dormia que nem uma pedra, conforme diziam lá em casa. Talvez para armazenar reservas para o futuro, quando necessitasse. Agora repouso o corpo, é suficiente. E em que ocupas o espírito? Oh, esse é um eterno caminhante, anda de reparação de armas até mulheres, do ontem e do amanhã, sempre revoluteando. Os médicos digam se é possível, duvidei, acho ele queria se mostrar mais forte do que ninguém, o homem que nunca dorme. Eu cá dormia e bem. Por isso não é novidade que as cenas à minha frente evoluam e as capte apenas pela metade, sinal de que vou apagando de vez em quando.

Curioso pensamento me tomou, de repente: a poltrona vermelha. Não estava no salão. Nem devia, nunca ali esteve. Era a minha preferida e por isso jazia no meu santuário mais íntimo e agradável, na parte residencial do palácio. Onde me sentava para fugir às soluções enfadonhas que tinha de encontrar para os problemas da governação ou para ler, a biblioteca. Era o meu cantinho com estantes de livros, exclusivamente biografias de homens célebres, desde Buda a Mitterrand, todos eles estavam ali, numa busca pelo mundo que mandara as embaixadas fazer, alguns em línguas de que nunca compreenderia mais que os números de página, esses sempre parecidos, exceto em poucas escritas, como o árabe. Suponho ter uma coleção importante de biografias, embora me falte uma que sempre me disseram não existir, mas eu desacreditava e ordenava, procurem a biografia de Abel escrita por Caim. Devia ser delirante, sobretudo a parte final, como a imaginava, "... e lhe espetei o punhal no peito, não uma, mas vinte e três vezes, tantas quantas fodi a sua viúva...". Chamei os acadêmicos mais conceituados para com eles discutir alguns mambos e esse assunto em particular. Conciliábulos com rótulo de secreto, por isso eles nem ousariam vazar para fora o teor das conversas, por muito picantes e interessantes que fossem. Porque os punha mesmo à vontade, podiam dizer o que quisessem, e eles sempre ousaram divergir sobre o final, insistiam suavemente, naquele tempo ninguém sabia escrever e, além disso, Abel não deixou viúva, se a tanto chegou o conhecimento pré-histórico e até bíblico. O que permitiria uma enorme discussão com os eclesiásticos, se Abel não teve viúva, isto é, mulher, então só sobraram os filhos de Caim, os quais se multiplicaram todos com os genes de assassinos, copulando em permanente incesto entre eles, e portanto o princípio da humanidade explica todo o seu devir, condenado à podridão do crime e do castigo, como escreveria um dos meus preferidos autobiógrafos, o russo Dostoievski, que se contou e recontou em tudo que era livro, aparentemente de ficção, sempre a se flagelar porque era um ser fraco e simpático, temos de lhe perdoar todas as debilidades em nome da bondade intrínseca, senão comprovada. Tenho os livros do russo entre as outras biografias.

Então a poltrona...

Está condenada. Seja quem for o indigitado para me suceder, a primeira coisa que faz é mandar pintar todas as paredes do palácio e substituir os móveis, livros, jarrões e quadros. E pessoas. Uma cadeira ou um sabonete pode esconder terrível feitiço que eu deixe ao meu sucessor. Somos africanos ou não? Quem vai deitar na cama onde o outro deitou? Quem vai pisar descalço o chão que o anterior pisou? As fraquezas que levaram o finado à cova ficam esculpidas no chão, nas paredes, na atmosfera. Por isso os aparelhos de ar condicionado serão trocados, todos os utensílios de cozinha, a mobília e os talheres, terrinas e cofres, serão novos, porque algum objeto escondido conterá um malefício ou uma ameaça sobre o recém indigitado. Pessoa nova no poder, tudo a brilhar como um produto chegado da fábrica. Até as retretes. Quem vai cagar onde um falecido pôs a bunda moribunda? Só Abel com sua ingenuidade... Por isso foi varrido do mapa. Se eu acreditasse nessas lendas... Mas agora convêm-me como exemplo, se me posso justificar.

Ao chegar ao poder, inovei em relação aos predecessores, não alterei tudo, guardei as paredes com a mesma tinta, estavam impecáveis, conservei alguns móveis e objetos, estes até muitos. Não substituí todas as pessoas, não só do palácio como do governo e das administrações das províncias e do resto. Tentei reformar alguns métodos, formas de governar. Com as mesmas pessoas? Isso é possível? Todos fizeram antes de mim e eu também. Foi um erro, dizem os críticos. As pessoas estão tão viciadas pelas famílias, linhagens e até pelos estudos que fazem... Roubam uns mais que os anteriores e todos entre si, não dá para mudar, muito menos prometer mudanças radicais, enquanto não houver gente instruída de outra índole, formada de outra maneira. Isso dizem os críticos, sempre bons a julgar os outros. No entanto, quem vai para o poder sempre acha ser capaz de fazer diferente. Para, tempos depois, lhe dar um tédio tremendo porque se vê a fazer o que observava no antecedente, sem nunca evitar as asneiras mil vezes repetidas. Quem vai para o poder não percebe que desconsegue de fazer uma omelete diferente com os mesmos ovos herdados do antecessor.

Caí na esparrela, também fiz promessas.

Tenho pena de que mudem as pinturas que estão nos corredores e nas paredes da sala de audiências, onde recebia delegações e potentados estrangeiros. Quando essas personalidades faziam pronunciamentos para os órgãos de informação, sempre se viam por trás deles os quadros de matagais em chamas, ou dos nossos apaziguadores rios e lagos. Pintados por um amigo meu do antigamente a quem encomendei as mais belas paisagens do país, a troco de umas cervejas de vez em quando e umas conversas sobre o passado. Fui sincero, faz o teu preço mais exagerado, aquele que tu aches me chatear, fica à vontade, não sou eu que pago, é o tesouro público, e ele não quis nada, ficarei feliz sabendo que a minha obra será vista por gente importante, pelo menos um carro, sukuama!, andas a pé, nem carro tens, e ele nada, não sei guiar, é tarde para aprender e francamente ia morrer de medo, arranjo-te um motorista pago pelo Estado, estou aqui para os amigos, mas nem isso aceitou, pintou aquilo tudo só mesmo por amizade. Um dia me disse, não era só por amizade. Ninguém dava importância ao que criava, nem lugar para uma exposição conseguia. Se por acaso alguém emprestava um quarto para ele fazer uma mostra da sua arte, por mais avisos e convites distribuídos, nenhum crítico de pintura ia ver o trabalho e nenhum jornalista escrevia uma linha. Bastou saberem que alguns dos quadros da sala protocolar eram pintados por mim que comecei a ser convidado a expor, até mesmo neste país onde ninguém compra arte me encomendaram algumas obras, vivo melhor que nunca, estou muito grato. Grande figura, um verdadeiro amigo!

Estando eu fora do trono, vão trocar os quadros, ele volta ao anonimato em que vivera desde pequeno. Espero a sério, escolham pelo menos os novos com algum gosto, já nem exijo muito bom gosto. Entretanto, os do meu amigo vão para um arquivo ou uma toca qualquer, nunca mais ninguém os vê. É pena, mas vou fazer o quê então?

Já não mando nesta merda, não mando em merda nenhuma!

Finalmente, uma cara conhecida. Filha da puta, Madalena.

A rir de mim, pelo menos por dentro. Me ameaçou uma vez, hei de ver passar o teu cadáver pela frente da minha casa e eu sentada, antiga lenda chinesa. Não passou o meu cadáver por casa dela, por isso ela veio me cuscar. Com o mesmo sorriso sardônico usado quando se limpava depois de fazermos sexo, o que me deixava furioso, pois não percebia o sorriso insatisfeito. Por eu não mostrar suficiente competência ou porque não gostava? Só mais tarde entendi a razão, frigidez, assegurada por um médico especializado na Índia em mulheres frias e homens estéreis, os melhores médicos do mundo para essas questões.

Conhecedora das capacidades de filmagem atuais, Madalena tenta não ser demasiado ostensiva no seu desdém, mas eu adivinho muito bem o quanto se diverte por me ver prostrado neste caixão, incapaz de a humilhar como injustamente disse que lhe fiz. Não tive intenção de a rebaixar, mas se fodia mal, a culpa é minha?

Bem tentei acender aquela chama, nem um clique se desprendia, era um gelo, lhe disse para se tratar e escolhi outra para amante semioficial, pois fica mal a um chefe de verdade só ter a primeira-dama. Depois lagrimava, porque me deixaste? No princípio era o sentimento de perda, o choro, em breve a raiva, depois as ameaças, hei de ir ao morro afamado lá no sul do território, o teu pênis vai ser reduzido a um caroço, cabrão de merda, conheço lá um grande kimbanda, ainda somos parentes por vias travessas e ele vai me vingar, te fazer de cornudo, um impotente, e muito mais ameaças próprias de quem está despeitado. Não levei a mal, compreendi, mandei lhe darem uma pensão perpétua, e não era tão má assim. Tenho culpa de que a porra da inflação que depois se instalou tenha feito a pensão minguar até se tornar irrelevante e ela ter de inventar negócios para sobreviver? Madalena deve é culpar os responsáveis que se meteram em negócios ruinosos para o país, e também um ou outro membro da minha família. Tive boa vontade, porém aí está ela, com ares de vingança, cabrão, mede agora o teu poder.

Ela não precisa falar, entendo perfeitamente os seus pensamentos, o marido largou-a por adultério, ainda no meu tempo, o raio do homem tinha tomates, lhe moveu um processo sem nunca indicar claramente com quem ela se deitava, tenho a certeza ele desconfiar, mas só sugeriu. Houve julgamento, não foi apresentado o corpo do delito, o meu conselheiro jurídico bufava de raiva, é uma farsa, para haver adultério tem de se apresentar o terceiro personagem, mas todo o tribunal deduzia e era quase lesa-majestade o meu nome ser invocado naquelas vetustas salas. O marido ganhou o divórcio, não pagou pensão nenhuma. É verdade, mandei indiretamente um recado aos juízes, deem razão ao desgraçado, lhe basta ter cornos maiores que os de um ondjiri. Ele ficou com os filhos e a casa comum. Para ela destinei, além da pensão, uma boa mansão para os lados do sul da cidade, mas nem isso apreciou, pelos vistos queria o palácio. Ou uma ala. Francamente!

Entretanto, todos os participantes daquela ópera, juízes, procuradores e defensores, toda a magistratura e advocacia recebeu uma prenda pelo esforço e patriotismo dispensado. Aceitaram, beberam e comeram, mas em silêncio. Não houve fugas de informação.

Uma questão me incomodou durante largo tempo, se Madalena era frígida, porque procurou ainda outros homens depois de casar com o benemérito que a aceitou mal foi decretado o divórcio? Sempre em busca de quem a despertasse para os prazeres do sexo? Isso me incomodava, mas agora já não. Como nunca teve filho comigo nem ficou no serralho, não me passou pela cabeça proibir que se deitasse com outro, até casou. Uma exceção que mostra a minha boa índole, embora paga com tanta ingratidão.

Madalena sempre foi muito ambiciosa e de peito ao vento. Belo peito, se diga de passagem. O seu defeito era não ser capaz de reconhecer uma derrota inevitável. Acabou por ficar com uma mansão mil vezes melhor que o cubico onde morava com o primeiro marido e os dois filhos, mas porque lhe dei. Mesmo assim reclamou, aquilo era pouca coisa para o sacrifício que lhe impus. O meu advogado queria sangue, era do género vampiro, damos cabo dela, retire a mansão, não leva nada. Mas ainda lembrava o meu interesse antes de a conhecer bem, tinha saudades desse tempo. E se era frígida, a culpa talvez não fosse dela mas de sua juventude pouco propícia, pois havia sido violada, o que não é uma boa introdução ao estudo da arte sexual. Inventei desculpas, escondendo meus remorsos. Enfim.

Pelos vistos, nada ficou resolvido. Não traz uma flor simbólica, uma luz triste nos olhos, antes ar de triunfo. Triunfo de quê? Quem triunfa em caso de morte? Radical até à medula, freira mal amada, Madalena passou à minha frente e desapareceu.

Deixou um incômodo no ar, pressenti.

Madalena me distraiu de pensamentos mais interessantes. Estava nas mudanças que o palácio inevitavelmente sofrerá. Já foi escolhida a equipe de decoração? Bem, deve ser cedo, se ainda não há novo chefe. Por enquanto, a minha família controla, não deixa roubar. Os parentes têm direito de repartir entre si os troféus do Estado que ficam vagos? Se for possível, aproveitem, levem o máximo possível, para corrigirem minha insensatez, julgava viver para sempre, não mandei fazer uma lei nesse sentido, salvaguardando o direito deles ficarem com as alcatifas e os móveis, já que o sucessor terá medo de tocar no que foi meu. Por isso os parentes só se poderão socorrer do direito consuetudinário, matrilinear, o que prejudica as minhas mulheres a favor dos meus irmãos. Uma parte irá para os meus filhos, mas pouco. Isto não era assim antes, se respeitavam igualmente os vários ramos da família. Mas foi se transformando com os ventos do oeste e agora só se beneficiam os da família do marido morto. Inconsciente que fui. Devia não me importar, ficar indiferente, será o que tiver de ser. Afinal ainda possuo vontades. Mas como fazer entender o meu desejo? A única pessoa que pode me entender é o espião-de-um-olho-só. E ele veio de imediato. Raios, o homem sabia mesmo o que eu pensava e desejava.

– Claro que sim, chefe – me murmurou ele com aquela maneira sem mover os lábios. – Posso providenciar. Divisão por igual por todos os ramos, ou alguns serão privilegiados?

– É melhor ser por igual, por todas as mães. Elas depois dividem com os filhos. Será uma confusão porque não são só as contas secretas que conheces, aqui e no exterior. Mas os objetos também.

Móveis, quadros, carros, tudo isso. Propriedades. Deve ser preciso muito trabalho do advogado para preparar o conjunto da papelada. Mas a melhor das casas deverá ser para a primeira-dama e também dois por cento a mais de cada conta. Ela merece, perdoou-me muita coisa, mais que as outras, que vieram sempre depois. Uma parte também para os parentes de Efigénia.

– Pobre Efigénia, chefe. Morreu tão cedo. E sem lhe dar um herdeiro.

– É verdade, coitada, uma boa alma. O Nhonho talvez tivesse forte concorrência, se Efigénia lhe desse um irmão. Tratas então do assunto?

– Pode ficar descansado, chefe.

Não havia ironia, mas lá descansado devia eu estar, morto-finado, deitado de costas, sem dores nem formigueiro nas pernas.

– Se houver alguma desconfiança, garante até ao fim que te falei antes de morrer, na véspera, estávamos na varanda a beber uma garrafa, lembras? Nessa ocasião te instruí como devias fazer as partilhas. Podes acrescentar, o chefe parecia adivinhar o seu fim próximo, talvez no dia seguinte pusesse todas as ideias num papel, mas não teve tempo. Se quiseres mesmo que te acreditem, diz, o chefe sabia sempre tudo, adivinhava tudo, nem a morte o surpreendeu. É falso mas não haverá ninguém com tomates para te contradizer, e acreditam porque sabem que tu não falavas bem de mim só para bajular, acreditavas mesmo que eu era um semideus.

– E era mesmo, chefe. Ou ainda é. Só que em outra dimensão.

– Também tu falas de outra dimensão? Como o virtuoso...

– Ah, pois, o governante virtuoso falou consigo. Suspeitei.

– Conseguiste perceber?

– Só o que o chefe falava. Ou perguntava. Nada do que ele dizia.

– Mas viste-o?

– Não. Percebi pelo que o chefe dizia. Só podia ser ele. Desconsigo de ver esses seres, o que é uma pena. Gostaria muito de perceber melhor como as coisas funcionam lá em cima.

– Então fica aí, olhando para todos os lados, que eu te explico o que aprendi com ele. Ao menos assim alguém cá embaixo, vivo, saberá o que nos espera a todos. Mas com uma condição. Não divulgues. Porque, se mujimbares, acontecerá de certeza uma de duas coisas: ou te matam por heresia ou criam uma igreja que depois se vai aproveitar dos teus conhecimentos e enriquecer os bispos.

– Chefe, nunca divulgarei nada, juro. E ainda mais prometo, nunca serei bispo.

– Bispo não, serias profeta, o idiota que tem a ideia genial e morre de morte violenta, enquanto com a ideia enriquece os oportunistas que o rodeiam e lhe sobrevivem, os vivaços deste mundo.

Assim fui contando o que percebera da conversa do virtuoso, uma boa maneira de consumir o tempo, me fixando de vez em quando nos indivíduos passando à frente do caixão, para reconhecer alguma cara não totalmente estranha. Só faltava um copo de bebida para voltarmos aos tempos antigos das confidências no terraço.

As pessoas que entravam pela primeira vez naquele salão, e era a maior parte da população, estavam mais curiosas em ver as paredes e as decorações que as personalidades. Nem conheciam o espião, o qual nunca aparecia no cinema, em jornais, televisão ou na Internet. Tomavam-no como um guarda qualquer ou alguém do protocolo. Os mais próximos daquelas salas do poder sabiam quem ele era e temiam-no mais que a mim. Por isso também achavam normal que estivesse ali feito estátua a defender um corpo sem vida que fizera dele alguém tão poderoso. E não olhavam para ele. Com mais devoção e pesar contemplavam o meu busto pela última vez, nenhum ousava mostrar satisfação. Até era agradável de apreciar. Embora houvesse alguns casos de clara hipocrisia, os parvos julgam que me enganam.

Está ali um tipo cujo nome esqueci e que mandei muito justamente prender por sedição. Tinha uma pendência qualquer, ficou muitos anos a me escrever cartas de lamentação e pedindo apoio, um choramingas, a quem nem respondi. Por despeito, o sacana escreveu num jornal matéria ofensiva, insinuando um certo nepotismo na nomeação de um sobrinho meu para gestor de uma empresa estatal de média categoria. Mandei a justiça cumprir o seu papel e ele amouxou muitos anos kuzuo, pois quem pode provar que uma pessoa é nomeada para um serviço não por mérito mas por ser familiar do chefe? Não pode ter vindo se despedir, antes veio gozar a minha debilidade. Se certificar da minha morte e se sentir vingado. Talvez esboçasse um sorriso de desdém, tipo agora estás aí e eu bem vivo, gostei. Com o meu bófia ao lado, nada disso se percebe, faltou coragem. Lhe saiu! Veio de longe para se deliciar com a cena mas nem pode demonstrar o mínimo de prazer, deve estar a tremer todo sabendo que um-olho-só vê tudo, até os obscuros recessos da alma, como li num texto de um biografado. Mais uma razão para lhe contar com todos os pormenores os ensinamentos que o virtuoso me passou. E que o espião conservará palavra a palavra com a sua prodigiosa memória. Para uso futuro? Não sei como.

É da conta dele.

Satisfeita a curiosidade, guardando as preciosas informações que ninguém mais tinha, se misturou de novo entre a gentalha, ouvindo aqui e ali, tecendo teias, tecendo... Poderia vir a ser a aranha do Nhonho, ou de outro qualquer. Mas de uma coisa eu estava certo, nunca seria tão fiel a ninguém como o foi a mim. Também era lealdade merecida, fiz de um miúdo franzino que gostava de armas e segredos, disforme e sem um olho, um agente poderoso, temível, o verdadeiro senhor das trevas. Aquele cuja palavra mandava um tipo para a cadeia ou para o cemitério. Para o nada, se lhe apetecesse.

Muito poder nas mãos.

Por outro lado, um poder sempre em risco. Bastaria a minha família ser desalojada da cadeira suprema para ele servir de bode expiatório para todas as vinganças. Eu sabia disso, ele sabia. Continua a saber, embora não aparente receio. No entanto, o conhecimento do que vem depois da morte pode ajudá-lo um dia. Não imagino como o fará, mas aposto, ele saberá utilizar as informações para escapar dos inimigos e manter uma vida folgada, perto do poder, de preferência. E das vigilâncias e intrigas, o seu vício, depois de ter abandonado os metais por causa de mim. Me sinto mesmo bem, fiz um ato de generosidade para o meu leal amigo. E ele agradecerá sempre.

Mais uma cara conhecida. Atrasado como sempre, o ministro das Relações Exteriores vem com ar de quem acabou de acordar com a notícia da minha morte. Deveria estar cá ontem, como todos os membros do poder executivo, como aqui na banda se tornou hábito de mau gosto repetir. De fato não, se a memória não me está a pregar partidas. Acaba de chegar de viagem, mandei-o intoxicar o cérebro de um grande chefe do oriente, mesmo no fundo do oriente, que me deve favores, contra o nosso vizinho do oeste, sempre agitado e a tramar armadilhas. A jogada era plena de oportunidades, podíamos ganhar um território carregado de minerais raros, entre os quais a apetecível matéria usada na indústria espacial. Mas o golpe tinha de aparentar vir de longe para enganar os tribunais internacionais, agora pretendendo mostrar alguma atividade, apenas contra os países menos desenvolvidos, pois claro, ou parece que somos parvos. Daí a cara assarapantada do ministro, de quem está com todos os fusos trocados, são sempre longas e penosas viagens, mesmo em primeira classe. Como ele não vai tentar falar para mim, nem tem o dom de me ouvir, fico sem saber se o presidente oriental alinhou na combina, se prefere aproveitar apenas os nossos serviços já prestados. O plano tão bem gizado por nós cai agora por terra e também pode ser a razão do ar transtornado do meu ministro. Tantos quilômetros voados para nada, apagados por uma rajada de ar que atira um homem para a sepultura. Se a curiosidade me tentar, posso dizer ao meu espião para lhe perguntar e vir me segredar o resultado da missão. Mas estou sem curiosidade, não vale a pena. Me resta ver a cara compungida do ministro.

Mais um brilhante plano gorado, somos bons nisso.

Não era mau tipo, capaz de recitar textualmente o que lhe mandava dizer. O problema era quando a conversa se desviava para caminhos imprevistos e ele deveria inventar respostas a questões ou a mambos novos. Muitas vezes se espalhava ao comprido, o que me levava a telefonar para corrigir mal-entendidos com outros países. Pouco me interessava se era incompetente nos improvisos, bastava que relatasse fielmente os meus recados, para isso tinha sido nomeado.

Era um perfeito papagaio, recitava-os com exatidão e podia ouvir todos os insultos ou reclamações por promessas não cumpridas ou traições a tratados de amizade sem sequer franzir o cenho. Que mais se pode desejar de um ministro das Relações Exteriores?

Nos longos anos de mando, aprendi uma coisa. É muitas vezes prejudicial e até perigoso ter subalternos que pensem pela própria cabeça. Prefiro os seguidores, mesmo estúpidos. Não lhes ocorre ter atitudes contra os meus desejos ou sonharem com poderes a que nunca devem aspirar. Arriscam a cabeça por a usarem demais e eles geralmente sabem. Nós podemos, ensinava aos meus filhos, porque somos nós, mas nunca devemos permitir essas pretensões aos nossos subordinados, pois um dia alguém imaginará que pode deixar de o ser.

As pessoas são mesmo transparentes, é tão fácil ser psicólogo.

Apenas tinha dificuldade comigo próprio, em me compreender nalguns momentos. Por exemplo, a cadeira vermelha que deixei lá para trás. Não era um trono, nem de veludo se revestia, embora de bom ano e cômoda. Muito mais magnificente era a poltrona onde me sentava a receber os embaixadores ou enviados estrangeiros. Trocada todos os anos por uma igual, porém se julgava ser a mesma, sobretudo à distância de uma televisão. Eu fazia constar, o povo gosta de ser governado por quem não esbanja o dinheiro em luxos. A mesma poltrona dos anos passados, vejam o nosso muata, ele não derrete o nosso kumbú como os outros, que lhes conhecemos muito bem. Era muito bom a tecer comentários e diálogos imaginários sobre mim, passava largos minutos sonhando assim acordado, embalado pelas ideias lindas que as pessoas me tributavam ou poderiam tributar. Tinha raras dúvidas, tributavam mesmo, sempre fui popular. Como agora, passando à minha frente, pesarosos, sem poderem aldrabar. A maior parte das pessoas simples, trabalhadores, pescadores, pequenos empresários, vendedores de rua, prostitutas. Gostaria de lhes ler os pensamentos de pesar, desconseguia isso, mas se via pelas caras, estavam tristes. Mesmo.

Os intelectuais, esses petulantes, não vinham ao velório. Só um ou outro jornalista, tentando descobrir uma frase interessante para escrever num pasquim de domingo. Os intelectuais nunca me perdoaram ter fechado as inúmeras e inúteis academias. Apontavam o fato como o meu erro capital em relação aos únicos cérebros que ousavam imaginar o país, a sua cultura e os desejos da população, como se de fato os conhecessem. Que queriam? Era academias para tudo e para nada, sem trabalho concreto que se visse. Uma corja de velhos saudosistas se reunindo aos sábados de manhã para discutirem coisas tão interessantes como, vinham os pássaros das lagartixas, ou o contrário? Ou se tal tipo que vendia mais livros que o sal do mar podia ser mesmo considerado escritor ou apenas um bom vendedor de ilusões. Assuntos desses que não importavam a ninguém, senão aos próprios. No entanto, o pior é que os outros profissionais não queriam ficar para trás e então criavam a sua própria, a academia da costura, a academia dos cabeleireiros, a academia dos limpadores de instrumentos musicais, a academia dos chulos, a academia dos bons bebedores de caporroto, a academia dos terapeutas tradicionais, e mesmo a academia dos coveiros, talvez a mais animada de todas, ao menos conversavam sobre assuntos que importam a toda a gente, funerais. Quem pode encontrar melhor motivo de encontro, ainda por cima com bebida a escorrer e comida em fartura? Sem já falar nas viúvas novas e bonitas que em tais ocasiões se encontram e tão inconformadas, tão desgostosas, tão carentes, que bem precisam de uma alma bondosa para as confortar. Numa cama consistente, de preferência. Eu sempre gostei de funerais. Mais uma razão para ser a única academia que não mandei encerrar. Daí o ódio dos intelectuais frustrados. Se refugiavam em alguns cafés, ou nos claustros das universidades, onde era permitido mandarem algumas bocas, desde que não exagerassem. Mas sem academias de letras, ciências, tarô ou de sexo oral, para lhes acobertar com belas palavras os maus instintos.

Pois, a cadeira vermelha...

Havia uma alta, de onde presidia aos conselhos. De ministros, de conselheiros do Estado, de magistrados, dos sacerdotes superiores de diferentes religiões, enfim, as muitas reuniões para se discutir e passar o tempo até eu decidir o destino de alguém ou de alguma reclamação ou de uma lei anterior ao meu reinado ou o que fosse. Eu falava primeiro, cumprimentava e pedia o sempre sábio conselho dos presentes, o secretário lia o tema a ser discutido, eu ia dando a palavra até me chatear ou achar que já era tempo de decidir, não se pode passar demasiado tempo a ouvir disparates. Um gesto e acabou, só eu falava. Pouco, de preferência uma sentença. Ao lançar a minha única frase, todos meneavam a cabeça, em unânime aprovação. Dava por terminada a reunião, ouvia os suspiros de alívio, pois eles tinham medo dos meus arranques repentinos a condenar alguém, normalmente antes do encerramento das sessões, de propósito para os manter aterrorizados e atentos a tudo o que fizesse ou declarasse, sempre tentando adivinhar os meus pensamentos pela linguagem corporal, o muxoxo de enfado ou qualquer outro sinal que desse, para então alvitrarem qualquer disparate que eu nem desdenhava ouvir. Sentirei saudade desses conselhos, onde me sentava na cadeira alta, de forro vermelho.

Mas não era dessa que me queria lembrar.

Ninguém diria como é difícil controlar as recordações. Um lembrete puxa outro, desviamos o pensamento. Eu queria rememorar aquela cadeira vermelha meio escondida na biblioteca, não era uma poltrona mas tinha forros substanciais e suaves, onde sabia bem sentar a bunda e encostar as costas. Era a mais confortável que tinha usado. Só para mim, pois quem ousaria sentar na cova criada pelas nádegas do chefe? Quiseram mudá-la várias vezes, eu não deixei. Quiseram disso fazer uma razão de Estado, os paspalhos não tinham mesmo nada melhor para gastar o tempo, tentaram convencer a minha palanca a intervir, como primeira-dama e mulher mais antiga tinha alguma influência no meu julgamento ou deveria ter. No entanto, ela conhecia as minhas preferências, sabia, eu não gostava de mudar certas coisas, não chegavam bem a rotinas porque se tratava apenas de gostos sem nada a ver com ações encadeadas. Não, proclamou ela. Era a minha cadeira para a biblioteca, onde me sentia bem a ler os grossos calhamaços de biografias que por vezes levavam um mês ou dois, uma hora por dia.

Biografias. Os grandes homens escalpelizados nos momentos mais íntimos, os pensamentos impenetráveis desvendados, as raízes de algumas decisões que mudaram o mundo expostas ao sol e ao vento, perdidas na sua grandeza. Pouco importava se certa ficção se introduzia para fazer ligações entre períodos e decisões magnas, sempre seriam consideradas incontestáveis pelos historiadores futuros.

Biografias e a cadeira vermelha.

A tranquilidade do pensamento. A comodidade da posição, o contato indireto com o forro felpudo, pacificador.

Ia porém perdendo o pelo por ser aspirada de vez em quando. Só tarde demais descobri como a limpavam. Com aspirador. Fiquei mesmo alterado, gritei com o zelador, com o diretor da comunicação palaciana que tinha a biblioteca na sua responsabilidade, com os criados de libré e sem ela, e todos que passavam no corredor dando à biblioteca, na ala mais a sul do paço. Era sempre a mesma empregada de limpeza que o fazia, quando lhe calhava a vez de tratar do pó na biblioteca. Tinha vindo há muito tempo do mato, filha de camponeses, porém não gostava de usar panos ou espanadores, apenas o aspirador. Tinha-o descoberto quando entrou para o nosso serviço e teve uma epifania como dizem de Saulo a caminho de Damasco. Usava-o nas lombadas dos livros, no chão, nos móveis e também na minha cadeira. Só não foi para a rua porque a primeira-dama se intrometeu, foi substituída por outra que gostava de espanadores, passou para outra ala, proibida de se aproximar sequer da biblioteca privada. Escapou a um castigo merecido e exemplar que lhe tinha destinado. O mal já estava feito, o forro guardava poucos pelinhos, se sentia ao tato que não tinha a mesma doçura. No entanto, mantive a cadeira, um dos amores constantes da minha vida.

Se não somos fiéis aos nossos amores, vamos fazer o quê com a pátria?

No entanto, não terminou aqui a história da cadeira vermelha. Um dos meus conselheiros especiais meteu o médico na cena, lhe foi queixar que a minha mania de sentar numa cadeira demasiado gasta podia me fazer mal à próstata. O médico anuiu, talvez com medo da influência do conselheiro. Veio me falar, talvez fosse melhor, não a mudança da cadeira porque tinha falado com a primeira-dama e conhecido a minha devoção ao assento, mas pôr uma pequena almofada para não haver contato direto com o corpo, sabe, a próstata é um bicho terrível, ataca os homens sãos com artes do demônio. Lhe dei uma corrida, sabe quantas próstatas de galinha já comi na vida? Então não me venha com essas coisas, assuntos do serralho, uma dúzia de tipos que não têm mais nada que fazer senão se preocuparem com minudências, acho que vou mudar todo o pessoal que me assiste e ninguém mais me vem chatear com a cadeira vermelha.

O médico percebeu a ameaça, lhe dava grande prestígio ser meu médico particular, todos os clientes com muito dinheiro o procuravam, pois se eu o escolhi por alguma boa razão seria, competência comprovada. Mal sabiam eles que era apenas porque me tratara na meninice com algum cuidado, igualmente como o ministro da Saúde fizera. Os políticos também escolhiam o meu médico na esperança de ele lhes revelar algum segredo particular que pudessem explorar. Talvez o segredo do poder. O velho era como cágado, quanto mais ancião mais prudente. Nem revelava segredos aos outros, nem insistiu comigo para botar o mataco numa almofada. Meteu o rabo entre as pernas e foi passear perto do mar.

Quem será o lambe-botas a ficar com a cadeira vermelha?

Para isso servem os bajuladores. Ganem e guincham à nossa volta, pedindo festinhas, parecem felizes por se sentirem em nossa companhia, mas o objetivo é só um, ficar com os restos, as esquebras. Pode aparecer algum na fila, com seu ar chorão, de vez em quando. Se os guardas não estiverem atentos, vão se aventurar a andar pelos corredores, a entrar nos quartos, a inspecionar gabinetes e salões, a espionar recantos e objetos. Muitos serão apenas movidos pela curiosidade. Outros a recensearem o que pode interessar em seguida. Na altura das partilhas reivindicam a sua parte. Um dirá, eu fundei a Associação dos Incondicionais do Chefe, a conhecida AIC, promotora de festivais de música VivaMuataViva (VMV), patrocinados pelo nosso querido defunto, tenho direito a ficar com aquela cadeira velha mas prenhe de saudades da quente bunda dele. E leva a cadeira, perante a indiferença dos demais. Quem se vai importar com uma velha cadeira, viúva numa biblioteca de biografias? Outro logo se postará, foi a mim que o chefe orientou criar o Grupo dos Bate Palmas (GBP). Este cardume que um escritor trocista e imaginativo cognominou de Grupo de Palmípedes foi apoiado sempre por mim. Ironicamente. Grandes oportunistas.

Têm o direito de me assacar muitas coisas mal feitas, mas nunca o de desprezar o benefício que podia sacar dos bajuladores. Levou o seu tempo, mas aprendi. Os palmípedes faziam piqueniques e excursões aos lugares célebres, limpando sítios e monumentos, para que um dia fossem reconhecidos como patrimônio da humanidade, infelizmente sem resultado, e no fim do relambório sobre o muito que fizeram, logo o mais atrevido se adiantava, posso pois levar aquele relógio antigo de tique-taque, como os das igrejas, mas revestido de ouro. Assim agiam os lambe-botas que sempre tentavam me rodear, escrevendo baboseiras laudatórias, inventando feitos meus dignos de Hércules ou de Jasão, seres míticos de que eles nunca ouviram falar a sério, criando canções de embalar com adjetivos superlativos de reverência à minha pessoa, se juntando em seitas louvando o semideus que os governava, ou em eventos gastronômicos em minha honra, onde faziam maratonas para competirem quem mais bebia, sempre a contar com o benemérito saco público, por alguns chamado azul mas normalmente verde, da cor das notas, para subvencionar as comidas e as cervejas com que tentavam convencer a populaça sobre o valor das minhas políticas. Se o conseguiam, sempre duvidei.

Eu sempre a ver, escondendo o sorriso trocista.

No princípio recusava, se querem aplaudir o chefe, façam-no mas sem mim nem o dinheiro de todos. Depois, quando comecei a aprender que as massas estão sempre famintas de carinho, e esse carinho só pode ser levedado com cerveja e comida farta, fui soltando os cordões à bolsa, empanturrem-se, engordem, fiquem que nem ratos reluzentes, dos ratos já têm mesmo o rosto, só lhes falta o anafado corpo, e gritem ao povo, uma, duas, mil vezes que tudo é oferta do chefe que compreende as dificuldades, sofre por ver crianças famintas, então que uma vez por ano os famélicos comam até rebentar e sobretudo se embebedem para esquecer as misérias, porque essas nunca hão de faltar.

No meio, os vivaços da organização metiam no bolso parte do dinheiro destinado aos eventos.

Não vejo esses bajuladores por aqui. Pode ser o sono que me impede de os distinguir entre as caras que vão passando. Ou já treinam ao espelho como vão lisonjear o meu substituto? São espertos, procuram de onde vem o vento. Têm de estudar os tiques e as manhas do vencedor da corrida ao trono, os pontos fracos do orgulho e depois inventar nomes novos para as mesmas organizações de sugar dinheiro.

Uma curiosa ideia então me apareceu. Se, de repente, um desses lambe-botas passasse a corda da barreira, se inclinasse sobre mim e, de braço esticado, tirasse uma *selfie* com o telemóvel? Ele, sorridente, quase se babando de gozo, posando ao lado da minha cara de defunto.

Não, nunca um desses lambe-botas arriscaria, bajulador é gente sem coragem.

Para fazer essa ousadia, só mesmo um tipo irreverente, forçosamente simpático, atrevido, cavalgando a atualidade e as modas.

Seria abatido pela guarda como anarquista, claro.

Um desperdício.

Porém, o poder tem de mostrar o braço musculado. Senão fenece...

8

Voltei para o quartel com muita preocupação. Talvez por isso acelerei demasiado. Por uma questão de disciplina, uma espécie de treino para controle emotivo, nunca ultrapassava a velocidade máxima permitida numa estrada, mesmo sem trânsito. Dessa vez arrisquei mesmo e quebrei as minhas próprias regras. Demorei apenas uma hora e meia a atingir o cubico. Vazio, sem Efigénia. Nhonho estava em casa dos avós maternos, tinha-o mandado quando percebi que podia haver alguma turbulência militar. Por vezes, quando tinha de me ausentar, deixava-o em casa de uma vizinha que se tornou mais simpática depois de eu enviuvar e não tinha mais nada para fazer. Era sempre por umas horas apenas. Se devia ficar alguns dias fora do Nindal, ele ia para casa dos avós, os quais rejubilavam com o neto que lhes quebrava a solidão. Como os compreendia!

Era sempre uma dor de alma voltar a casa e sabê-la oca pela falta de Efigénia. Abria a porta e hesitava em entrar. Como se uma prece muda pudesse alterar a situação, me atirar para o passado e ouvir o seu riso de felicidade ao sentir a minha chegada.

Problema ainda não resolvido, seria um dia?

Tinha de pôr o comandante do quartel ao corrente da situação, como orientara o general-meu-kamba. Por um lado, não me agradava a ideia. Meter mais gente na combina seria prudente? Não parecia. É verdade, o comandante não era mau gajo e eu também não lhe ia propor nada de especial. Que ficasse em prontidão combativa, ordens do Estado-Maior. E ele ia perguntar o que isso significava, punha os homens todos fardados de combate e as armas a brilhar? Suponho ser obrigatório. Quantos soldados em prontidão? Aí estava o mambo. Sem saber exatamente o objetivo, como se pode calcular o número de companhias necessárias? Melhor ele telefonar para um dos membros do Estado-Maior, o general Alcibíades, chefe da Inteligência, ou o general Amílcar, verdadeiro substituto do chefe deles todos. E eu ficava sem a batata quente na mão e com o maior respeito do comandante do Nindal, afinal conhecia todos os superiores hierárquicos. A partir de então, saía quando queria e sem dar nenhuma explicação, liberdade de movimentos total. Quem tem contatos desse nível não pode ser ignorado nem impedido.

Tinha cumprido parte da missão. Notei com curiosidade, quando informei das coisas o comandante do quartel, o brigadeiro começou a suar. Só acalmou um pouco no fim, porque lhe disse para telefonar a um dos generais citados com o objetivo de confirmar e receber instruções precisas. Era um militar muito alto e magro, embora musculado, músculos estirados e longos de desportista, saltador à vara ou sem ela. Na boca, um eterno cachimbo esculpido, como se usava noutro tempo nas aldeias. Por vezes expelindo fumo, na maior parte das vezes apagado. Mas chupava nele durante dezesseis horas por dia. Era conhecido por brigadeiro Cachimbela, se tornou mesmo o próprio nome de guerra, ele gostava de ser chamado assim. Primeiro ainda havia um pouco de gozo da malta, mas como o visado aceitou bem a alcunha, passou a nome com o devido respeito. Melhor maneira de esvaziar uma alcunha sempre foi incorporá-la.

Psicologia de caserna.

Cachimbela seguiu o meu alvitre e ligou para o general Amílcar. Devia ser intuitivo ou então muito bem informado, logo um tiro no porta-aviões. Também não seria de descartar a possibilidade de temer fazer perguntas delicadas ao chefe da Inteligência, todos guardavam distância de detentores de certos cargos meio sinistros, mesmo se antes foram amigos chegados. Em todo o caso, Cachimbela mostrava ser um tipo inteligente. Recebeu todas as confirmações sem que lhe perguntassem como estava informado do assunto. Claro, o general-meu-kamba tinha falado antes com Amílcar, parecia óbvio. Este disse a Cachimbela para preparar um batalhão e um pequeno grupo de atiradores de precisão, isto é, o meu grupo. Os *snipers* sempre eram úteis para, a partir dos pontos altos, controlarem qualquer movimentação adversária. Também era uma forma de me pôr no

centro da ação, caso fosse necessário reunir para decisões cruciais.
– Não se prepara o batalhão de blindados? – perguntei.
– Não falou neles.

Eu preferia aproximar mais os blindados do fulcro possível do kibeto, são decisivos para este tipo de coisas, segundo tinha aprendido em filmes e num ou outro artigo da revista militar. Mas Amílcar lá saberia, a ele o dever de desenhar a ação, com o apoio de Diogo e Mário Caio, os estrategistas de referência. Talvez bastassem os blindados que estacionavam na capital e assim se poupava no combustível que estava caro, e o orçamento quase esgotado. Ou o plano não implicava um golpe muito forte e visível, mais baseado em ameaças e armadilhas que em obuses e granadas. No entanto, o pensamento não me sossegou, preferia ter mais tanques à disposição em caso de resistência às nossas pretensões, fossem elas quais fossem.

Saí do gabinete do comandante para preparar a minha gente, limpar e olear as armas, controlar todos os aparelhos complementares e escolher a cor da farda, pormenor muito importante. O brigadeiro Cachimbela, pelo seu lado, foi dar ordens ao batalhão mais bem treinado do quartel, o segundo do regimento do coronel Atroz, homem manso apesar do nome. Tão manso que diziam da mulher dele as piores barbaridades, com razão ou sem ela. Não me interessava aprofundar esse tipo de mujimbos, pelo que não me pronuncio em relação à senhora, sempre simpática e correta para mim. Além disso, tinha sido a melhor amiga de Efigénia no quartel e esta nunca me falou mal da outra. Nem uma queixa, apenas protestos de fraternidade.

Tínhamos apenas de aguardar algum sinal da capital.

Escolhi os homens e fiz o resto do trabalho. Pronto para entrar em ação, fui passar tempo na messe de oficiais. Me perguntaram logo se havia novidades de vulto, como se as intuições estivessem muito despertadas. Nenhumas, respondi. Muitas idas e vindas para a capital, insinuou um mais kuribota, talvez negócios agradáveis, talvez, disse eu. E nada mais. Se eu estava com todas as precauções e reservas, elas pareciam claramente infundadas, não havia mujimbos, ninguém ao corrente da morte do ministro, das hesitações do presidente e das movimentações que se preparavam. Bebemos uns copos entre camaradas sem entrar em políticas nem prestar atenção ao noticiário da televisão, ligada, mas sem som. Não me passou pela cabeça olhar para o aparelho, confiava mais no telemóvel.

O qual soou ao fim de duas horas.

Era o general-meu-kamba dizendo para acelerar os preparativos e me enviando para o lugar combinado, tínhamos de falar à vontade. A primeira parte do recado era inútil, os preparativos estavam prontos, mas enfim... Os chefes têm sempre de dar instruções, mesmo as supérfluas, ou repetir as importantes. Arranquei para o posto de combustível a meia distância entre o quartel e a capital, com a circunspecção possível em tais circunstâncias. Se os outros oficiais descobrissem esta minha viagem noturna, aí sim, as desconfianças passariam a existir, pois era mesmo muito suspeito. Felizmente tinham ido dormir e o meu carro, sempre bem oleado, quase não fazia barulho no arranque. As sentinelas no portão do quartel tinham o dever de calar a boca, mesmo para o mais estranho dos acontecimentos, logo que não fosse uma ameaça contra a segurança das casernas.

Cheguei antes dele, parei numa área isolada, de onde controlava o trânsito e ele me poderia descobrir. Quinze minutos até ele chegar. Encostou ao lado do meu carro, passei para o lugar do pendura, baixamos as respectivas janelas e conversamos de forma descontraída, de vez em quando deitando uma olhadela ao retrovisor para segurança. Também o velho presidente, desconfiado, espiava todos os oficiais, com medo de uma revolta.

– Acabou a reunião. Vão fazer logo o comunicado sobre a morte do ministro. O chefe do Estado-Maior quer substituí-lo, mas o velho não aceita, prefere um civil. Imagina! Como se isso fosse desejável ou mesmo possível neste continente...

– Existe – disse eu.

– Muito raramente e com péssimos resultados. O caquético quer nomear o Porco-Espinho.

— Foda-se! Está mesmo gagá!

O chamado Porco-Espinho era na época uma jovem revelação da política local, tão precisada de novos talentos, como diziam os ideólogos da praça. Conseguiu terminar o curso de Direito com dificuldades e bastantes chumbos, mas subiu na vida meteoricamente por ter sido contratado como comentador político e participante assíduo em debates existentes na rede de televisão de um parente. A televisão fez dele uma estrela em ascensão. Era assanhado, por vezes partia para a agressividade verbal, ameaçando o interlocutor com frases sibilinas e olhares de ódio, sempre em defesa do partido no poder e sobretudo do seu chefe, o velho presidente que nos infernizava a existência. Um bajulador dos antigos, um baju, na nova terminologia dos oposicionistas e povo em geral. O velho adorava vê-lo defender os seus erros e omissões, para os quais a estrela encontrava sempre motivo ou justificação. Segundo os frequentadores dos antros de má língua, o presidente babava quando o Porco-Espinho proferia ameaças contra os inimigos ou simples críticos, pouco importando o que dissesse o causídico.

O gagá fê-lo subir no partido primeiro para porta-voz, talvez porque imitava nos seus comentários e contraditórios os falsetes de um barítono de ópera cômica, mais tarde empurrando-o para o comitê central e para responsável pelas finanças. Porém, quase todos diziam às escondidas que ele era melhor a falar alto e a deitar fífias do que a controlar o que fosse, muito menos dinheiro, mercadoria já de si difícil de subjugar. Ao velho os bajus diziam reconhecer no Porco-Espinho um extraordinário quadro, excelente em tudo, suscitando profunda admiração popular. Essa malta de engraxadores-do-chefe tinha cursos de pós-graduação em como opinar para subir na hierarquia e nos negócios associados.

Agora, o próprio bajulador máximo ia ser ministro da Defesa? Um tipo que se borrava todo se alguém imitasse com a boca um tiro de arma de criança? Um tipo que nem à tropa tinha ido, nem treino militar seguira. Como obter a confiança e o mínimo de reconhecimento dos militares de um país especializado em guerras e revoltas

armadas? Certamente o presidente não responderia à questão, considerando-a impertinente, quase ultrajante, como sempre adjetivava um pensamento contrário ao dele.
— Como está o comandante do EM? — perguntei.
— A espumar. Compreende-se.
— Realmente fiz uma pergunta idiota, claro que só pode espumar de raiva. Mas já está decidido?
— Não. O velho e o seu clã no fundo têm muito medo de nós. Não é difícil adivinhar que o pobre Porco-Espinho vai ser humilhado pelos oficiais a todo o momento se chegar a ministro, só mesmo o velho não vê isso, tão míope anda, como enfeitiçado pelo gênio do merdolento... Mas mesmo assim os bajus estão a dar luta, com o pretexto de novos tempos, de gestão governamental de excelência e não clima de guerra civil. Pararam hoje a discussão porque têm de comunicar a morte do ministro, o mujimbo já está a correr pelas ruas e com detalhes picantes, como por exemplo que teria morrido de enfarte no colo de uma amante, coisa que ele não tinha mesmo, era homem de família. Maior atraso no anúncio se torna perigoso. E porque o presidente caduco está cansadíssimo, dormindo a sono solto na reunião. Acordaram-no, disseram é melhor continuar a sessão amanhã, ele abriu um olho, concordou, pediu o leitinho morno e voltou a fechar o olho.

Rimos os dois. Pobre país em que oficiais superiores riem do seu comandante-em-chefe. Mas não era merecido?

— Pelo menos já sabemos que nada aconteceu ao chefe do Estado-Maior — disse o meu kamba. — Ele foi claro quando nos encontrou. Temos de fazer alguma coisa, disse. Esse Porco-Espinho não vai ter tempo de atirar nenhum dardo envenenado.

— Concretamente?

— Amanhã, quando começar a reunião, vocês movimentam-se e a tropa cerca o palácio. Tu e os teus homens vão para os pontos altos, podem pôr os oponentes em pânico...

Só não cocei a cabeça porque não tenho o hábito.

— Não há sítio bom para nos posicionarmos nas imediações. O

palácio fica numa colina e os prédios altos a mais de seiscentos metros, se não estou confundido, ainda não conheço bem a capital. Para mim não tem problema um tiro a mais de seiscentos metros. Mas não posso confiar totalmente nos outros. Probabilidade de 50 em 100.

– Se houver que disparar, basta que tu o faças. Os outros são só para compor o quadro. No entanto... se for preciso que os outros façam barulho para assustar, mesmo a acertar metade dos tiros já dá para pôr fora de combate muitos adversários.

– Temos que tomar posições antes do amanhecer.

– Esses detalhes são para ti.

– Vou avisar o Cachimbela que o meu grupo parte depois da meia-noite, por volta das duas. O batalhão...

Ele levantou o braço para me deter a fala. Sabia, eu ia tentar desenvolver um plano bonito de cerco e ataque, apesar de não ter os estudos necessários nem sequer conhecimento do terreno. Usava dessas ousadias em conversas com ele, no fundo era uma forma de libertar tensões nervosas e ser corrigido nos planos, sempre medíocres. Aprendia com as correções que ele sempre se dispunha a fazer. Eu era de bom ouvido e igual memória, prestava atenção, aprendendo táticas e estratégias.

– O batalhão sai às sete da manhã, para lá chegar por volta das dez – disse o general-meu-kamba. – Só cerca o palácio depois de todos estarem lá dentro. Se cercam antes, o peixe não aparece. E vocês, por favor, tornem-se o mais invisíveis possível.

– Fica tranquilo. Nesse ponto, os meus homens são muito bons. É só o problema da pontaria que atrapalha por vezes...

– Vai dar tudo certo. Lá dentro do palácio, o nosso comandante orientará as operações. Ah, uma última precaução! Diz ao Cachimbela para o Atroz avançar com o segundo batalhão mas deixando o resto do regimento em prontidão. Nunca se sabe.

Nos despedimos e cada um refez o seu caminho de regresso. Gozava de uma estranha paz de espírito, a conduzir para o quartel com vontade de assobiar canções de amor.

Fui avisar quem devia. O Cachimbela, o qual chamou o coronel

Atroz. Combinamos os traços gerais da operação. O Atroz perguntou, o que significa para o Estado-Maior o resto do regimento estar de prontidão, ao que o brigadeiro respondeu, os homens todos fardados e armados e de barriga cheia, dentro dos caminhões, virados já em coluna para a capital. Eu só apoiei com a cabeça, Cachimbela sabia mesmo das coisas.

Fui prevenir os meus homens. Deviam dormir já para estarem relaxados no momento da ação. Se a houvesse.

Achei o Atroz demasiado calado, tenso, como se fosse uma missão de vida ou de morte. Por mim, agora estava absolutamente calmo. Só me tinha faltado antes o conhecimento da situação e qual a jogada. Tive receio de perguntar o objetivo último, era só impor o nosso chefe como ministro ou era demitir o velho? No primeiro caso podia se falar apenas de uma pressão militar para uma decisão que dizia respeito aos militares. Grave indisciplina, mas não fatal. No segundo caso, era golpe de Estado. Aí, se as coisas correm bem, não há problema, estamos automaticamente anistiados. Se não correr bem, rolam cabeças. Sobretudo as cabeças dos chefes das tropas no terreno, não as dos desenhadores de planos nos gabinetes, para esses sempre se podem discutir saídas honrosas. O fato não me inquietou.

Fui falar com a minha arma, para ela descansar melhor.

À uma e meia da noite, mandei acordar a malta, um grupo de doze. Eu quase não tinha dormido, visualizando mentalmente as posições que o grupo devia ocupar, calculando distâncias, paradas e respostas. No entanto, conhecia mal a cidade para fazer as escolhas definitivas, o essencial teria de ser decidido no terreno, por isso acabei por adormecer um pouco mais, relembrando à última hora que devia levar todos os mapas existentes para me orientar naquela selva de prédios.

Saímos em duas carrinhas grandes, fechadas, sem matrícula nem numeração. Chegamos à cidade antes das cinco, e eu já tinha uma vaga ideia dos melhores sítios para posicionar o grupo, um atirador de cem em cem metros, numa meia-lua larga. Eu ficava num prédio de doze andares, com um terraço desocupado, a meio da formação, acompanhado de um auxiliar, servindo ao mesmo tempo de guarda-costas.

Não houve complicação para chegarmos aos nossos postos, pois as portas não estavam trancadas e num ou outro caso os seguranças até nos abriam o caminho. Íamos de preto, com gorros da mesma cor, e a cara quase toda escondida. Com armas que eles só tinham visto em filmes. Todos fizemos a mesma coisa combinada anteriormente, ao encontrarmos guardas ou porteiros. Dizíamos, isto é apenas um treino contra terrorismo, forças especiais, não se assustem e não digam nada, para o povo continuar a dormir tranquilo. Chegado ao sítio, comuniquei com os companheiros e verifiquei o sucesso da instalação nos postos. Aquela pequena operação era apenas um começo. No entanto, importava que o início corresse bem, além de dar tranquilidade aos participantes, também convocava os espíritos favoráveis, os quais são atraídos pelas doces vitórias e trazem outras consigo.

Telefonei ao Atroz dando telegraficamente conta da situação.

Amanheceu e fomos vendo como se destacava à nossa frente o largo de entrada para o palácio, amplo, despido, o que permitia boa visibilidade. Em princípio, como ficou estabelecido, Atroz avançaria pela parte de trás do palácio, onde havia árvores e casas baixas, permitindo alguma camuflagem. Pelo lado oposto ao nosso, portanto. Estando depois na realidade do terreno, achei não ter sido a melhor opção, mas Cachimbela e ele tinham assim decidido e rendi-me ao meu desconhecimento em táticas de ataque, não objetando ao plano. Agora notava um particular muito importante: nós só os podíamos proteger da tropa (se aparecesse) que se posicionasse da parte da frente, onde havia o largo principal de entrada, o qual dominávamos na perfeição. A distância dos nossos homens ao palácio era de menos de oitocentos metros, o que garantia alguma eficácia. Para mim era canja, nem precisaria do óculo telescópico. Mas, por questão de prudência, apliquei-o e olhava através dele, para estudar detalhes.

Havia sentinelas, essas nem contavam porque eram como soldadinhos de chumbo, com armas sem serventia. Os guardas do presidente não estavam visíveis, mas sairiam por duas portas laterais, se fosse preciso ocuparem posições defensivas, conforme informação do general-meu-kamba. Os quais neutralizaríamos de forma relativamente fácil. Esperava não ser preciso, nunca tinha disparado contra pessoas, exceto naquele caso dos invasores das minas, em que dei um tiro, não no oficial, mas no cinturão dele. Atirar para acertar em pessoas, ainda por cima camaradas, bem, isso era chato. Faria, claro. Mas era chato.

Até porque sempre fui um tipo pacífico.

O grande mambo seria se por acaso descobrissem o batalhão do Atroz ainda em aproximação. Nós não os poderíamos socorrer, nem sequer nos apercebíamos. Se tivéssemos informação, podíamos acertar nos sentinelas para atrair o resto da tropa. Mas quem é o comandante que manda correr ao longo da parte de trás do palácio para ir enfrentar o perigo desconhecido quando tem inimigos visíveis à frente a avançar contra ele? Bem, nada a fazer. Restava rezar para não acontecer essa desgraça.

Entretanto, o tempo ia passando, a cidade acordando, carros a chegarem ao palácio e mansões adjacentes, tudo normal. Na altura aprazada para começar a reunião, o movimento aumentou e olha os carros a parar, as diversas individualidades a descerem com o ar atarefado de quem vai salvar o país, a entrarem pela porta principal, tudo perfeito. Nem com o óculo eu conseguia divisar os homens do Atroz, estavam mesmo bem camuflados, talvez nos quintais das casas ou metidos entre os arbustos das traseiras do palácio. Devíamos ter acertado um modo de comunicação com a infantaria, um detalhe vital que falhou. Tinha de reconhecer, foi um plano pouco elaborado. Então não sabiam da importância das comunicações na guerra moderna? Tinha o telemóvel no bolso com o número do Atroz, mas não podia lhe ligar. O sinal dele de chamada era um kuduro dos pesados. Se eu ligasse, a sua localização podia ser notada. Uma traição imperdoável a um camarada. O mais certo era ele ter o telemóvel sem som, apenas com o vibrador ligado, como eu e os do meu grupo. Mas não podia arriscar, só mesmo em situação de desespero, o que não parecia ser o caso. Fui aguardando.

O mais difícil nunca era a ação, mas a espera.

Por trás do sítio onde estaria o Atroz, para lá das árvores e das casas, onde começavam os pântanos do norte e terminava a cidade, se divisava o monte feito pelo lixo. A lixeira principal da capital era ao ar livre e em breve se veriam as centenas de gaivotas e outras aves a sobrevoar o verdadeiro morro, de altura correspondente a uma casa de dois andares que ia crescendo, apesar dos protestos e irritação de jornalistas, estudiosos e povo em geral. As aves iam competir ferozmente com as pessoas pela porcaria, também às centenas, na esperança de encontrar algo para comer, vender ou trocar. O presidente inepto nada fazia para acabar com aquela vergonha nacional. Do lado esquerdo do palácio se via a catedral, velha e mal rebocada, como a tentar não contrastar com o monte da lixeira que lhe fazia concorrência.

Pobre e desleixada terra.

Até os resíduos dos hospitais iam parar à lixeira, o que era um atentado à saúde da população, como todos dizíamos. Já se via um caminhão a avançar para lá com o lixo que depositaria sem rebuço, com pessoas à espera. De repente me veio uma ideia estúpida para aquele momento, e se alguém encontra uns binóculos agora, ali deve haver de tudo, mesmo velhos podem servir para se divertir a espionar à volta? E nos descobre? Vai avisar a guarda presidencial? Não, logo me respondi, guarda masé os binóculos para que ninguém os dispute. Vai vendê-los.

Longos momentos depois, o Atroz deve ter recebido um sinal, pois a tropa dele começou a aparecer dos dois lados do palácio, vinda lá de trás. Os primeiros que chegaram à porta principal cangaram os dois sentinelas e a maior parte das armas ficou agora virada para as duas portas laterais, de onde poderia surgir a guarda presidencial. Mas nada, nem um rato saiu. O cerco estava montado, sem resistência. Comecei então a me preocupar com os blindados que viessem da unidade mais próxima, estacionada a ocidente. Fiquei focado nessa via. Vi então pelo canto do olho o próprio coronel Atroz dar a volta ao palácio, como antes tinham feito os seus homens, e se postar à frente da porta principal, as pernas afastadas, ar de lutador, mãos fincadas nas ancas.

Pouco depois apareceu, vindo do interior, o comandante do Estado-Maior e um oficial que reconheci com alguma dificuldade ser o chefe da guarda presidencial. Cumprimentaram o Atroz, o comandante lhe deu uma palmadinha num ombro e, apesar da distância, percebia que tínhamos ganhado porque o coronel perdeu a rigidez da postura, relaxando. Telefonei então ao general-meu-kamba, o qual me disse já existirem informações, o nosso chefe era o novo ministro, o velho aceitou a nomeação forçada, com o belo método de ter uma arma apontada à cabeça. E me pediu para desfazer o posicionamento, juntar os homens, mandá-los para o quartel e eu ir de encontro com ele no Estado-Maior. Como tínhamos dois carros grandes, um bastava para transportar a malta até casa. O outro ficava comigo.

Assim terminou a minha primeira missão de salvação nacional.

Pouco fizera, mas tudo o que me ordenaram. Correu bastante bem, estava contente, fui ver os amigos que já festejavam novas eras. O general Amílcar me deu um abraço e percebi que seria ele o novo chefe do Estado-Maior. O general-meu-kamba nem teve oportunidade de se candidatar a um posto, mas se situava bem para tempos futuros, na equipa certa. E eu também, pois, mais cedo ou mais tarde, seria proposto para general.

Com os meus amigos subia as escadas douradas e perfumadas do poder.

De fato fui lá chamado apenas para estar com o grupo vitorioso e para que os outros dessem pela minha presença. O kamba tentava associar-me sempre ao grupo, um dia seria útil, talvez para lançar o nome dele. Bebi uns copos, dei uns abraços, expliquei como executamos com perfeição as manobras de cerco e vigilância. Tudo era verdade. O bonito da coisa era isso, não precisava de mentiras, todos sabiam como éramos capazes quando o mambo nos tocava de perto, os homens do Nindal tinham fama nos meios castrenses, de fazedores de regimes. Voltei ao quartel, tentando imaginar o futuro com o velho caquético bem seguro pelo novo ministro da Defesa e seu camarada de óculos redondos como chefe do Estado-Maior. O único civil era o ancião-mijador-nas-calças e esse cada vez tinha menos voz.

O que podia sobrar para mim?
O tempo.
Me dediquei então à palanca negra. Quase todos os dias ia beber meu copo ao bar do futuro sogro, me sentando logo ao balcão. Convidava-o sempre a me acompanhar na cerveja. Ele agradecia mas recusava, então já viu se engulo uma e outra e continuo devagar toda a tarde e princípio de noite? Conversa mole puxa muita sede e se perde noção das coisas. Chegam então os pilha-adegas, levam-me as garrafas todas e nem noto. Pior, deixo a moça à mercê desses malandros. Sem falar do trabalhão que lhe daria para me arrastar até casa, ainda é longe e ela fraca.

Lá ficava eu à espera que a filha dele viesse das aulas para regalar a vista. Já nos cumprimentávamos, me perguntava se queria mais uma, pagava a conta só a ela. O pai percebeu, eu galava a garina. Mas nessa altura da nossa amizade já estava informado sobre a minha ocupação e posto, talvez mesmo as perspectivas já lhe tivessem soado aos ouvidos, por isso nada dizia. Sabia, de nada adiantava fazer uma cena. Então não era mesmo melhor ir deixando andar, rezar para dar certo? Eu já lhe tinha feito entender que merecia ser tratado como uma pessoa responsável e cumpridora de meus deveres, uma indireta que ele captou. Não tentava apanhar a mboa a sós, não fazia propostas, só lhe lançava doloridos recados com os olhos.

Um dia ele teve de se ausentar. Antes de sair, me murmurou, conta ficar até à hora habitual? Lhe disse no mesmo tom confidencial, sim, claro, se não se importar.

– Então por favor pode prestar atenção redobrada à freguesia? A miúda dá conta do recado mas alguém pode aproveitar para abusar, sabe como é. Posso contar consigo? É mesmo um assunto urgente e importante.

– Vá descansado, tem a minha palavra de oficial. Tudo correrá bem.
E ele foi, aparentando tranquilidade.

Pela primeira vez, estava eu sentado ao balcão como sempre e a balabina do outro lado, sem o pai, servindo a rara clientela. Deu para meter conversa. Por acaso até nem fui eu que iniciei.

— O pai disse que vai daqui para o Nindal, é verdade?
— Sim, é. Duas horas de viagem.
— Todos os dias?
— Quase. Às vezes não tenho nada para fazer no Estado-Maior, fico lá mesmo no quartel. E normalmente só venho depois do almoço para a cidade. Não é assim tão longe.
— Por que não muda para cá?
— Aquele é o meu quartel, o lugar principal de trabalho, por enquanto. Tenho de lá estar todas as manhãs. Um dia vou ser transferido para cá, mas ainda não sei quando...
E por aí fora. A primeira conversa. Nunca se esquece. O tempo voou e só me contrariou o pai dela não ter demorado mais. Até podia esquecer de voltar, eu a levaria a casa no carro. Seria muito melhor, mais íntimo para uma conversa. Os belos sonhos acordados nunca acontecem, já Mêncio tinha referido ao tratar da infância do imperador romano Marco Aurélio. Ainda tinha de esperar por nova ocasião para estar a sós com ela. A partir desse princípio de noite, mesmo com o dono do bar na sua posição, já trocávamos frases. E piadas. Ela tinha muito sentido de humor e nos fazia rir com as histórias da escola ou da rua. Muito alegre, era isso, a alegria da minha palanca nos contagiava.

Porém, não tivera oportunidade para lhe fazer perguntas mais ousadas, gênero tens um namorado, coisas que me faziam comichão no couro cabeludo e devia resistir a coçar. Já tinha passado a moda das cabeças rapadas a imitar os basquetebolistas americanos e agora a carapinha tinha pelo menos um centímetro de altura, moda até um dia. O cabelo não era muito alto, brincadeira proibida em qualquer exército que se preze, mas mesmo assim ficava desigual ao coçar. Um oficial com dignidade tem de andar sempre composto quer no trajar, quer na cabeça, a aparência marca a verticalidade. Ela vinha todas as tardes sozinha, mas isso não queria dizer nada. O tempo da escola era completamente usado no estudo ou dava para umas escapadelas românticas? Nesse mambo estava no escuro cerrado. Também não podia trazer mancebo-de-um-olho-só

para a perseguir e espiar todos os segredos. Poder, até podia. Mas não achava bem, isso parecia mesmo exploração de trabalho de menores. Ainda por cima longe de casa.
Como não me canso de repetir, era um tipo de princípios. Também será necessário referir que o meu amigo-de-um-olho-só já era um jovem muito prometedor, não uma criança. Talvez só para mim. Reparação feita.
Vejo agora a minha filha Isilda e seus dois monas, em quem não prestara atenção até ao momento. Pensar que já sou avô. Disparate, sou avô de muitos netos. Muito provavelmente não conheço todos, pois algum filho ou filha me esconde descendência clandestina, o que seria reprovável mas possível. Ou nem sabe que deu origem a um ser, acontece com os homens, mesmo os mais conscientes.
Ela está ao lado dos irmãos, sentada no meu óbito. Já é altura de a observar com muito cuidado, pois é o rebento de que mais me orgulho. Sempre foi miúda inteligente e numa altura em que todos queriam estudar no Reino dito Unido ou nos Estates, de onde vinham com diplomas pouco convincentes, ela preferiu a rígida Alemanha. Por que a Alemanha?, lhe perguntei quando tinha uns dezessete anos. Estive a ler umas coisas e a indagar, me respondeu ela. Há muito tempo. Vi filmes, estudei a História desde o tempo do Império Romano e os germanos batiam o pé a Júlio César e parceiros. Tenho admiração por aquela gente, que também fez coisas más, como todos. O bom é que eles têm consciência de terem pecado, ou por terem feito ou encorajado as más ações ou pecaram por fechar os olhos. Têm consciência disso e tomam medidas para que os netos e bisnetos não caiam na tentação de os imitarem. São trabalhadores e organizados. Antes de começarem uma tarefa, estudam-na, dividem entre eles o que devem fazer e depois trabalham totalmente concentrados na obra. Dá certo. E vão para casa com tempo para se divertirem, estarem com a família, ou estudarem ainda mais. Não se distraem com coisas fúteis, levam a vida a sério e são práticos. Também se diz, são gente de palavra nos negócios. Duros nas discussões, precisam de todos os detalhes escrutinados e combinados,

mas depois cumprem o acordo como se dele dependesse a sorte do mundo. Quero aprender com eles, ser como eles. Talvez ajude a melhorar a vida da nossa sociedade.

Uma idealista, filha minha. Era caso para espantar? Fiquei por acaso satisfeito. Foi para a Alemanha, estudou Economia, trabalha no ministério dos Transportes, é cidadã exemplar. Quando lhe falei que já tinha tempo para ser promovida, me fez prometer, o pai não vai dar ordens ou sugestões ao ministro meu chefe. E eu não dei. Ele nomeou para um cargo de responsabilidade um analfabeto primo da mulher e que teve de ser encaminhado para as masmorras por ter roubado na venda das passagens de avião. Isilda não disse nada quando a interroguei sobre o ministério. Continuou no seu trabalho. O ministro deve ter percebido que estava em posição delicada por ter lá metido o parente e me falou numa possível nomeação da minha filha. Eu disse, não me meto nisso, fale com ela, Isilda é que tem de decidir. Ela lhe respondeu que, sendo filha de quem era, qualquer promoção antecipada ou nomeação para cargo de responsabilidade podia ser designada como nepotismo. Por isso só aceitaria uma promoção depois de terem sido promovidos os três colegas que já lá estavam quando ela entrou e que são competentes. E que depois se fizesse um concurso público. Se passasse no concurso público, então sim, aceitaria a promoção com orgulho e reconhecimento. Fui acusado pela mãe dela de não a ajudar, sempre armado em diferente. Preso por ter cão e preso por não ter.

Só Isilda mesmo para me enrascar com sua honestidade.

Lhe pedi um estudo sobre a maneira de melhorar algumas áreas da sua especialidade. Ficaria entre nós e ela não beneficiaria materialmente disso. Trabalhou em horas extraordinárias durante três meses e me apresentou um projeto considerado brilhante por todos os que o conheceram, sem saberem a autoria. Não foi totalmente aplicado porque faltaram verbas em momentos cruciais. Nem o ministro sabe como aquilo apareceu, parecia caído do céu, bom demais para ser feito por um nacional. Foi feito por um nacional, garanti ao ministro, aliás sem necessidade nenhuma, porque não

tinha de lhe dar satisfações. Isilda como paga só aceitou um jantar comigo a sós num restaurante requintado, que temos alguns.
Nem toda a minha família é um bando de chupistas.
Afinal.
Não tenho orgulho em Isilda pela sua honestidade, no entanto. Tenho a certeza, algo vai lhe correr mal. Não basta o exemplo do governante virtuoso? Todos perdem quando querem dar lições de integridade, este é um mundo injusto e cruel. Olho para ela, toda condoída, perdida a esperança de me converter a uma gestão transparente da coisa pública, sempre a incitar-me a uma mudança de métodos e comportamentos, e antevejo o braço traiçoeiro que a vai fazer sofrer mais que os meus descaminhos e os dos meus companheiros.
C'est la vie.

9

Entre as frinchas dos reposteiros pretos com que taparam as janelas do meu lado direito, coam partículas de luz. É dia, talvez nascente. A sala está bastante vazia. Nas cadeiras reservadas à família que me deram de herança, do lado de onde vêm as partículas luminosas, só se encontra um casal. Meus sobrinhos, filhos da única irmã. Tive muitos irmãos, todos bastante rudes, uma irmã, a minha segunda mãe. Do lado esquerdo, das famílias que criei, ninguém. Ou foram dormir, ou se foram vestir e comer para aguentar mais um dia de provação.

Sei, não existe ninguém para me esconder as verdades, posso entrar na cabeça de todos e descobrir o que lá reina, temos de aguentar ainda um dia de chatice, ou o que este gajo nos faz sofrer mesmo depois de morto. Injustiças, claro, tentei proteger todos os meus, sobretudo fechei muitas vezes os olhos, mas há gente mais ingrata que parentes abandonados por morte súbita? Não é por me tocar agora que vou criar expectativas, nenhum komba destes tem algum interesse, todos dele fugiriam se pudessem, ficam porém amarrados pelas convenções sociais, outros por medo de represálias, poucos têm coragem de dizer basta, abandono. Escapei de alguns kombas e de muitos não escapei, nos anos em que a minha presença ou ausência se notava, sei do que falo. Do meu próprio óbito infelizmente desconsigo de fugir, o que vejo como uma maldade dos espíritos fora do tempo. Não por ser desagradável, antes pelo contrário, estou deitadinho, não me canso, sem ter de responder a nenhuma pergunta ou pedido ou queixume, já sou irrelevante para a ordem do mundo, posso pois repousar. E observar. Prever as realidades e hipocrisias das pessoas perante o poder, existente ou extinto.

Sempre O Poder.

O meu espião-de-um-olho-só não se encontra presente. Deve ter feito o mesmo que a família, tomar banho morno e mudar de roupa. Petiscar alguma coisa, ele sempre foi frugal. Quando comíamos juntos, rotina frequente, parecia um periquito, com o biquinho comia uns pedacitos de carne, dois bocados de pão, uma colher de arroz, um copo de vinho, pouco mais. Aproveitava a ocasião para me pôr ao corrente dos acontecimentos essenciais e das intrigas da corte, dos desfalques na administração feitos por gente importante, das transferências ilícitas de capitais tóxicos para os paraísos fiscais, dos crimes de sangue por amor ou desamor, das violações de crianças por algum juiz do tribunal de menores, da última condenação de um qualquer fórum dos direitos humanos sobre a maneira como tratávamos os presos políticos ou os animais que iam para abate, dos ilícitos negócios dos meus filhos e filhas e outros aparentados, tudo isso enquanto eu mastigava devagar a comida que me tinham posto no prato. Dispensava nessas alturas o assessor de imprensa, que era regiamente pago e por isso tinha obrigação de me resumir as notícias importantes transmitidas pelos órgãos de comunicação social, nacional ou estrangeira. O meu periquito resumia de forma mais concisa e sabia o que me interessava realmente, era pois um melhor filtro.

    Pelo contrário, o assessor de imprensa e atual porta-voz da presidência, destinado a subir na escada do poder, um inepto que utilizava discursos gongóricos para explicar o mais simples surto de malária ou diarreia de cólera, nunca tinha tempo de acabar o primeiro capítulo do seu relato, mais ocupado em atafulhar a boca com peixe e carne, feijão, batatas e couves, tudo junto, sem critério, enquanto eu acabava metodicamente a refeição, como sempre me ensinaram. Deixava-o sempre a meio do fanado relatório e abandonava a mesa. Desconcertado, tinha de se levantar e me seguir, com o panquê a meio, mas melhor executado que o relatório. Quando eu o dispensava para descansar ou fazer alguma coisa de útil, ele corria logo à cozinha a completar com desespero o repasto interrompido, sem vergonha da figura feita perante o pessoal menor. Achava ele eu não ia saber.

    Mantinha-o na posição, pois servia de para-raios. Mandava-o por exemplo fazer um comunicado à imprensa e, se por acaso uma operação corresse mal, obrigava-o a convocar nova conferência para se desdizer, explicar que tinha dificuldades de expressão, nada fora como dissera. Os erros nunca eram do governo, apenas do porta-voz, por isso não o deixava levar papéis, tinha de improvisar e os erros lhe serem imputados. Sempre pronto a se sacrificar pelo bom nome do regime, pois sabia de qual cofre saíam os bolinhos e o funje com que se empanturrava todos os dias e noites. Nascido em tempos de fome por seca, lá no sul, e por isso se chamava Njala, não houve possibilidade de lhe ensinar senão sobrevivência. Culpa da falta de formação familiar, não tanto dele. Ou do clima, para ser rigoroso. Certamente do aquecimento global, para ser mais moderno.

O porta-voz era sempre o primeiro membro a ser grelhado numa crise governamental, para isso lá estava. Acima dele havia diretores, conselheiros, juízes, secretários de Estado, ministros. Eu seria o último a ser esturricado. Em tempos complicados imaginei criar a figura de primeiro-ministro para aumentar o número de fusíveis entre mim e o povo furibundo, mas desisti da ideia, era inventar um poder fático que podia se tornar real e me disputar a primazia, mesmo se tratando de um meu filho. Antes enfrentar a turbamulta.

Nunca fiando.

Isso de inventar um primeiro-ministro é costume mais próprio dos monarcas que não querem sujar as mãos. Nunca me importei de sujar as mãos. Temos o caso do Amílcar, grande general, chefe do Estado-Maior, que foi avisado (ameaçado?) pelo Vidal e o general Mário Caio a não revelar pretensões à presidência, quando conseguimos empurrar para fora do trono o velho indeciso que nos levou para uma das guerras. Mesmo assim o Amílcar teimava em não se contentar com o cargo de ministro da Defesa, que lhe caía bem, a despeito das pretensões do general-meu-kamba, que acabou por ficar mais tarde com o ambicionado lugar. Porque o Amílcar, teimoso como todos os tipos que teimam em usar óculos de lentes redondas quando já ninguém o faz, insistiu em se candidatar. O caso começava a enervar mais de um camarada, meu prestígio podia diminuir por permitir tais abusos. Juntei Vidal e Mário Caio para o afastarem do objetivo. Compreendeu que estaria em minoria e cedeu, abrindo finalmente o meu caminho.

Mas ia deixar a cobra ferida na minha casa? Servia para outro, desconhecedor dos provérbios bantos. Mas eu aprendi em criança, era preciso esmagar a cabeça da cobra. Como parêntesis, posso dizer que não é só nos bantos que surge a figura da serpente que deve ser extirpada desde o ovo. Começa com a Humanidade, como o prova a Bíblia. Expliquei o caso e meus escrúpulos ao espião-de-um-olho-só. Até gostava do Amílcar, posso jurar. Três dias depois tivemos de fazer exéquias quase com honras exageradas ao ministro da Defesa, acordado morto, se se pode assim dizer. Eu nem quis saber, suponho ter sido algum veneno que mate cobras, como os há para os ratos. Quem sabe, algum versículo da Bíblia... Uns pós na escova de dentes, ou na sopinha do jantar, imagino. O Vidal ainda olhou para mim, muito admirado ao saber da notícia que recebemos ao mesmo tempo e notei alguma desconfiança nele. Mas tínhamos estado sempre juntos na véspera em noite de libações e antes, ele fez contas e chegou à conclusão que eu podia ser a cabeça, nunca a mão. O que interessa nestes casos é a mão que deita o pozinho, e essa nunca foi procurada. Porque a causa lógica era ataque cardíaco, como afinal constou na certidão de óbito, passada de forma irrefutável pelo meu competente médico de infância, acabado de ser nomeado ministro da Saúde, sem qualquer pressão ou ameaça, pois nunca usei de tais ardis para os amigos.

Quando fui confortar a viúva do falecido chefe do Estado-Maior e depois ministro da Defesa, grande amigo de óculos à Trotsky, a senhora chorava no meu ombro, murmurava não entendo, ele era tão forte, tão saudável, como se foi assim sem eu me dar conta, dormindo a seu lado? Pergunta sem resposta, apenas umas frases de circunstância, e a promessa sempre cumprida, fica lá com uma boa pensão de viuvez por relevantes serviços prestados à pátria pelo teu marido de nome heroico e generoso, Amílcar. Uma dúvida, os ridículos óculos também foram com ele para a tumba? Alguns disseram terem sido roubados antes do enterro, outros que um canídeo os engoliu, mas o povo gosta bué de falar à toa.

O Poder é insaciável e deve ser absorvido em pequenas doses. Mesmo se não queremos, devemos constantemente tomar decisões difíceis. Coisa que o presidente anterior nunca compreendeu, ou compreendia muito bem e não tinha afinal coragem de tomar. Para não ser mal considerado ou não suscitar vinganças posteriores? Quando havia um problema bicudo, criava uma comissão ou grupo de trabalho, juntava aí cinco ministros, mais uns diretores e um ou outro perito ou acadêmico que se prestavam ao fardo a troco de uma boa mesada. A comissão ou grupo de trabalho não dava solução pois todos sabiam que eram criações para matar o mambo, não para encontrar um caminho. O presidente das comissões, assim devia ser conhecido o merdolento. Nunca tive intimidade com ele, por isso faltou ensejo para lhe perguntar de caras, porque nos condena a ir lutar quando não queremos e você fica aqui atrás a fazer de bonzinho?

Fomos para a guerra e pronto, não lhe perguntei.

A guerra mais impopular de todas, o povo queria esquecer um pouco os problemas, já tinha dado muitos filhos para a grelha, lhe repugnava nunca saber se ainda os tinha vivos. Felizmente durou pouco tempo, inconclusiva. Gostaria muito de dizer, ganhamos, demos uma surra no inimigo, mas seria falso. Ninguém perdeu, ninguém ganhou. Como um fogo na savana atravessada por um rio. Chegado ao rio, o fogo acaba. Assim foi essa guerra estúpida, mal preparada, sem objetivo. Imaginem, para apoiar um pretendente ao poder num país vizinho. Tanto nos fazia, um ou outro. Os dois vinham falar com o presidente, pedindo o seu reconhecimento. Os dois eram crápulas e nos espetariam uma faca no dorso, se pudessem ou lhes mandassem. Ele nada, que ia pensar, que ia criar uma comissão, e a comissão nada dizia... Até que um deles, desesperado, nos invadiu em vez de atacar o rival.

Um disparate pegado, era tão mau um pretendente como o outro. Ainda por cima irmãos. A guerra se extinguiu, os dois não lutaram um contra o outro, lhes faltou coragem e apoios externos, até um deles morrer de exaustão e nervos e o outro subir ao trono, nos odiando de morte porque lhe falhamos o apoio merecido. No discurso de posse, o novo presidente e irmão sobrante nos acusou de intrigar com o mano assassinado, o que entre nós se dizia ser obviamente falso, ficando eu um pouco desnorteado, porque a política é suja e tortuosa, talvez o velho tivesse mesmo prometido qualquer coisa ao defunto. Ouvi um zunzum, pelo menos. Podia ser apenas propaganda para nos pôr mais chateados com o presidente, a política tem dessas coisas, já se sabe.

Fui para a guerra mas não dei um tiro. Embora a minha função fosse específica e de extrema importância, ao que se dizia, preferiram me chamar para as reuniões de Estado-Maior, onde tentávamos adivinhar os deveres a fazer no dia seguinte. Não achava graça, preferia disparar ao alvo. Mas me submeti aos conselhos do general-meu-kamba, junta-te aos melhores, fica sempre perto deles, abre os olhos e os ouvidos, absorve. Um dia descobrirás, afinal aprendi coisas interessantes enquanto me aborrecia nas reuniões, é sempre assim a aquisição de conhecimento.

Bem, o general era ele, ganhara os galões por mérito em operações, lá sabia como se aprende. Eu pouco merecia o que já tinha como patente, minha convicção profunda. Apenas por ter boa pontaria? Ou por ele ser meu amigo e pretender o meu apoio? Atirador de longo alcance mas sem ter acertado um tiro em ninguém? Subir tão depressa na hierarquia com tão poucos feitos até me dava vertigens. E mais ainda depois da guerra, onde uns tantos conhecidos morreram. Por demonstrar grande patriotismo em momentos conturbados e ter elaborado teorias brilhantes, mereci a promoção a brigadeiro, segundo rezava o comunicado lido na formatura do quartel do Nindal, o qual abandonei a partir dessa altura para servir no Estado-Maior. Quer dizer, passava a fazer parte da classe do generalato. Eu é?

Assim foi.

Sinceramente, sempre julguei haver um espírito algures que me protegia. Da minha família antepassada não deveria ser, pois não conheci meus avós nem ouvi canções ou poemas de louvor a eles. A linhagem era banal, longe das cantigas de guerreiros ou dos mitos de criadores de terras e povos. No entanto, sem me esforçar muito por isso, caíam-me no colo as coisas boas, com a exceção da morte de Efigénia, claro, nesse desconhecido comércio perdi e não pouco.

Eram conversas sigilosas que eu tinha com o meu sogro, no recato do café-bar, fechado para toda a gente. Nos sentávamos a uma mesa e conversávamos nossas dúvidas, pois também ele as tinha. Com umas cervejas tomadas generosamente. Nessas conversas, já quando eu era o líder incontestável do país e o ia visitar ao seu comércio, com seguranças fechando as ruas para ninguém nos incomodar, ele me contava como duvidava da paternidade do filho mais novo, nascido quando ele completava setenta anos, idade suspeitosa para fecundar, e eu o encorajava, deixe disso, Matusalém teve o último filho com setecentos anos, vem na Bíblia, o livro que nunca mente, e ele me respondia, como se tu acreditasses em tretas, deixa para lá conversas religiosas para enganarem os incautos. Nessas discussões amigáveis, ele me contou as queixas da minha palanca em relação à família, os irmãos dela que roubavam dinheiros do tesouro público, os filhos que sonegavam cartões de crédito para pagar festas opulentas, e ela sempre a tremer de medo que eu descobrisse as falcatruas, ou alguém por mim. A palanca negra invariavelmente terminava os ditos de forma semelhante, os nossos parentes mudaram tanto ao se aconchegarem ao poder do meu marido, uma vergonha que nos há de levar à perdição. Mudaram todos, tão modestos eram e tão arrogantes são. Eu, pai, não mudei, eu sou a mesma, tenho a certeza. Mas nada posso fazer perante tantos desmandos. E o pai invariavelmente lhe dizia, tu também já não és a mesma, nunca ninguém escapa aos eflúvios da corrupção se vive com ela, infelizmente já não és a mesma. Só espero que o teu marido não note. Ele me dizia a mim o que era segredo da filha. Nem sei o que pensar hoje, também o meu sogro era um traidor em relação à filha? Ou o único traidor era eu, que sabia essas coisas todas, de um lado e do outro, e deixava andar o marfim?

Não tenho mesmo mais tempo para descobrir.

Só a aparição da minha palanca devolveu alegria aos meus triunfos de então, nos princípios. Tinha alguém para quem ganhar algum troféu. De guerra ou de paz.

Como convocada, apareceu ela na porta, de preto cerrado vestida. Os filhos atrás. Mais uma vez passaram por mim, estacaram, olharam com atenção, vi olhos marejados de lágrimas nos filhos, um brilho baço nos olhos dela, depois seguiram para as cadeiras. Haveria pois mais uma sessão de homenagem. Caramba, não tinha ideia de tanto durar uma cerimónia fúnebre, mesmo sendo minha, o salvador da pátria agradecida.

Chegou também o meu espião preferido. E logo de seguida o Vidal. Parecia maior, imponente mesmo, uma aura qualquer brilhando à volta do fato preto. Não disfarçou um breve sorriso cúmplice na passagem à minha frente, como se soubesse que eu percebia o que acontecia à volta. Mas não podia perceber, devia ser algum tique nervoso. O espião-de-um-olho-só nunca ia revelar o meu estado de vigília, mesmo ao meu melhor amigo há coisas que não se dizem. Já sabia como o chamar.

Ele veio.

– Há novidades. Não sei se o chefe vai gostar.

Não parecia tão seguro como das outras vezes. Reparei, a minha palanca observava também o espião. De forma desconfiada ou com alguma amargura, difícil de identificar.

– Conta então. Já nada me faz gostar ou desgostar.

Se reclinou, fingiu me arranjar qualquer coisa no casaco, contou:

– Foi uma noite de casos. Traições e tropecilhos. Reviravoltas. A primeira informação, e essa vai apreciar. Porco-Espinho foi à vida. Morte súbita ao sair daqui. Punhaladas, muitas, na viela ao lado da igreja. Lhe levaram o relógio, o telefone e dinheiro. Matar para roubar? Desconfio. Bem, a oposição não tem candidato credível, duvido mesmo se aparecem aqui, estão a tentar inventar algum, nos acusando do assassinato como sempre, claro. Mas esse assunto está arrumado. Agora no nosso partido, as coisas ficaram um bocado complicadas, porque houve reunião improvisada do Secretariado Restrito, o que manda de fato, e o Nhonho apresentou a candidatura para o substituir. Afinal quem rebateu? Pode crer, o Vidal. Em vez de o apoiar parece, parece não, foi mesmo o que aconteceu, o Vidal disse o Nhonho não está preparado, merece continuar como ministro das Finanças mas só isso. Os generais estavam a apoiar o Mário Caio, contra o amigo do chefe, o general-seu-kamba, nomeado pelo chefe ministro da Defesa...

— Esse foi o nosso trato para ele me apoiar. E sempre me foi fiel como ministro e amigo...

— Exato. Podia ser candidato dos militares para presidente, mas os oficiais preferem o Mário Caio. Estavam pois divididos. Então o ministro Estêvão, primo da primeira-dama...

— E um grande ladrão...

— Sim. O ministro Estêvão avançou o nome do Vidal. O outro primo da primeira-dama, o Boneco, apoiou imediatamente. Eu pensava o Nhonho ia se defender, mas nada. Ficou calado, murcho...

— Como ele sempre foi...

— Então o Vidal tomou conta do jogo. Disse ele, fui sincero, o Nhonho, com todo o meu carinho, como um sobrinho querido, infelizmente não está ainda preparado. Se me propõem só posso aceitar, é um dever muito pesado mas nunca podemos fugir a um dever. Os militares não se opuseram, até porque o Mário Caio disse a seguir à fala do Vidal, é melhor que a um militar suceda um civil, assim a pátria fica em paz. E todos somos devedores ao nosso falecido chefe, que era muito amigo do Vidal, enfim, um discurso bom, com sentido de união. O Vidal foi escolhido como único candidato, mas só haverá reunião do partido para decidir de forma definitiva depois do funeral...

— Que será quando?

— Hoje à tarde. De manhã, as últimas despedidas dos chefes e povo em geral. Queriam fazer missa mas a primeira-dama disse o chefe não ia gostar, não patrocinava nenhuma igreja contra outras, portanto nada de missas ou cultos. Os diferentes sacerdotes poderão ir deitar terra na campa, é tudo do lado religioso. Nem música sacra. Será uma banda militar e vai tocar aquela marcha que o chefe gosta,

> *Acertem as miras*
> *encham os carregadores*
> *bala na câmara*
> *apontem ao alvo*
> *fogo!*

Depois uma salva de vinte e um canhões.
– Vai ser um bom enterro.
– Bonito, sim. Como o chefe gostaria.
Silêncio. Vi as pessoas entrarem no salão.
– Outra exigência da primeira-dama – disse o espião.– Não há xingLilamentos, nem gritarias, nem choro alto. O primeiro ou primeira que lançar um grito será logo agarrado e afastado. Ninguém mais vai tentar armar em vítima.
– Detesto esses choros fingidos para televisão. É uma grande primeira-dama.
– Nunca haverá uma como ela.
O meu espião sabia, ia ser afastado do convívio próximo da minha família com uma boa reforma. O Vidal provavelmente aproveitava-o para continuar as funções que tão bem desempenhara, lhe pagando um salário além da reforma. O Vidal era esperto, aprendeu comigo as capacidades do bófia, nunca as iria desprezar. Por isso o meu-amigo-de-um-olho-só também devia ficar tranquilo, a transição não o afetava muito. Claro, restava a parte sentimental...
– Chefe, pode crer, todos os dias vou levar uma flor à sua cova. Até não poder andar. Juro.
– Sei que o farás, não precisas jurar. Tenta comunicar comigo, pode ser que eu ouça e te responda. Seriam umas boas conversas.
– Farei isso. Já tinha pensado tentar.
– Antes de ires, me diz uma coisa. Há quanto tempo compreendes o que eu penso? Há muito?

— Não. Só desde que o chefe... bem, passou para a outra dimensão... Afastou. Também não podia ficar muito tempo perto de mim, alguém ia desconfiar. Sempre acharam ele lidava com feitiços e outras artes relacionadas. A minha palanca, por exemplo. Atenta, como se estivesse numa anhara e sentisse leoas esfaimadas a rondar. Só faltavam as orelhas mexer. Mas os olhos...

Deveria gostar da resposta dele, embora tanto me faça. Se eu estivesse em vida e soubesse, por algum feitiço, que ele adivinhava os meus pensamentos, que teria de fazer? Podem os mais íntimos segredos de um chefe ser desvendados por telepatia ou como lhe chamam? Teria de o mandar nadar no fundo do rio dos crocodilos. Com o coração a chorar.

Então estava decidida a sucessão. Tenho de concordar, Vidal fez bem em dar o passo em frente. Para a família tudo se mantém. Talvez até melhor do que se fosse o Nhonho. Não ia aguentar muito no lugar e perigava o futuro para as mães e irmãos. Bem formado, Ph.D. numa grande universidade americana, mas muito parado. Basta imaginar a reunião onde decidiram o meu sucessor. Ficou sem palavras, não encontrando argumentos, incapaz de um bater de pé no chão, ameaçador, a ruminar silenciosamente com raiva, como é que o maior amigo do meu pai não me apoia? Deve estar furioso com os primos, que também não o apadrinharam. Ou então está masé aliviado. Se candidatou porque lhe disseram ser a obrigação para defender a família, pensava ser também esse o meu desejo, era um sacrifício. Nhonho sempre foi um bom menino, obediente. Órfão daquela maluca, com um pai muito distraído para as paternidades, mesmo com o apoio dos avós, se deve ter sentido muito inseguro desde a infância mais recuada. Depois se afeiçoou a Efigénia e também esta o abandonou. Pois, deve ser isso, inseguro.

E lá estou eu a armar em psicólogo depois de morto.

Outro que aceitou o acordo mas deve estar mal disposto é o general-meu-kamba. Ele primeiro quis ser ministro da Defesa e não foi, no seu lugar ficou o comandante do Estado-Maior. Quando empurramos o velho para fora da presidência, tentou a sua sorte.

Veio com a mesma conversa de eu o propor para a presidência da República. Mas o Mário Caio e o Alcibíades, que entretanto tinha ganhado muita força como chefe da Inteligência, arrumaram com ele numa reunião de Estado-Maior e depois falaram comigo, era preciso sangue novo, um militar com muito prestígio, mais do que o de todos eles, porque com as indecisões e teimosias do velho o país estava com fraca influência na região, sobretudo em termos de defesa e segurança, vulnerável portanto. Só um general com talento e uma folha impecável podia impor respeito. Com mitos a correrem à frente dele, mitos que poderiam ser embelezados com ajudinhas de algumas agências de propaganda e serviços especializados no inchar de passados e invenções de múltiplos atos patrióticos.

Me parecia lógico e avancei com a maior ingenuidade, sou sincero, um nome me parecendo consensual, pelo menos para o nosso grupo, nesse caso só pode ser o Amílcar. Arredondemos pois uns ângulos dele, inventemos umas boas histórias para criar o mito, usemos essas agências e temos o melhor candidato.

Foi quando me informaram haver demasiada gente contra o Amílcar, um camarada sem carisma e com atitudes por vezes despóticas. Nunca poderiam impor o homem de óculos redondos ao oficialato, já era difícil mantê-lo no lugar que ocupava. Um chefe de Estado-Maior excepcional pode ser um mau ministro e ainda pior presidente.

Mas era assim a vida. Com certo sarcasmo, Alcibíades disse em seguida:

– É uma maldição, os gajos de óculos com vidros redondos e pequenos estão predestinados a terminar mal. Primeiro foi o Trotsky, morto a mando de Stalin, como diz a História. O sinistro Goebbels envenenou-se e à família no bunker do Hitler, perdida a guerra. Depois o Gandhi, assassinado por causa do seu pacifismo enternecedor. Agora este com o mesmo tipo de óculos tem de ser afastado das suas pretensões. Por que não usam óculos normais, ora porra? Mas já temos um tipo muito melhor e popular.

Era eu.

Devo ter aberto a boca e arregalado os olhos. Eu mesmo? Falavam sério, nem se dignaram perguntar se eu estava de acordo. Era um inexperiente ao pé deles, tarimbados em muitas conspirações, normalmente sem consequências de maior porque eram boicotadas antes de passarem à ação, mas mesmo assim permitindo muito treino desses jogos.

Decidi por uma vez bater o pé. Me sentia envaidecido por me puxarem para a companhia deles, me convidarem para as refeições conspirativas, nem perguntava o que esperavam de mim. Desta vez era diferente, estavam a pôr a minha cabeça à frente, o primeiro a levar a marretada se alguma coisa corresse mal. Havia mil e uma possibilidades de algo correr mal.

– Não alinho em nada se não me responderem com sinceridade a uma ou mais questões. Depende da primeira resposta. Por que me escolheram? A verdadeira razão? Não sou tão popular assim, tenho noção das coisas. Me tomam por um matuense qualquer?

– Faz então a tua pergunta – aquiesceu Mário Caio.

– Já fiz. A verdadeira razão de me escolherem.

Silêncio. Os dois se olhavam. Mário Caio encolheu os ombros no jeito que remédio, tem de ser. Avançou, da sua habitual forma mal humorada, chateado mesmo:

– Queres mesmo saber. Tens direito... Bem, a verdade é que além de seres alguém com prestígio, que realmente tens, que é capaz de se atirar para a frente quando é preciso, tens uma coisa que nenhum de nós tem. Ausência de inimigos. Não tens rivais. Coisa que não acontece com todos nós que, por uma razão ou outra, andamos a criá-los ao longo das carreiras. Unia-nos a necessidade de acabar com a autoridade do velho decrépito, mas cada um tem suas preferências e ambições. E inimigos. Portanto, és o único que, sem ser a primeira escolha, podes obter a unanimidade no nosso grupo. E é o nosso grupo que decide, como sabes.

Sem mais nem menos. Podia tomar a coisa como elogio. Podia tomar como ofensiva, sou tão merdas que nem ligam a que fique no poder, pois não vou levantar ondas, por isso desconsegui até de criar inimigos.

– Outra razão ligada com esta é que todos pensamos que podemos influenciar-te. O que é um motivo muito forte.
Ele era honesto para lá de todos os jogos políticos. Pregava mais um prego na minha mão e nem se apercebia de que podia doer. Foi então que Mário Caio me conquistou definitivamente. Um tipo destes merece toda a confiança.
Alcibíades acrescentou:
– Vamos só reforçar a tua imagem, ao mesmo tempo que passamos a ideia de que o país está muito pior, à beira do abismo, nos momentos mais tenebrosos é preciso um homem providencial, conhecido por tantas cenas heroicas. Deixa conosco.
Assim se cria um salvador nacional.
Já então tinha casado com a palanca. Me fez esquecer em parte Efigénia, só em parte, Efigénia seria sempre recordação especial. Na tomada de posse, a minha esposa se apresentou com esmero e encantou o povo, porque ria muito, de uma maneira que parecia mesmo franca, era jovem e linda. Tínhamos primeira-dama. Teríamos presidente? Era a minha maior dúvida. No entanto, só a ela, ou talvez ao pai taberneiro, poderia falar de incertezas. Para os outros, seria um fraco se o fizesse. E todos estavam fartos de chefes fracos, devia encontrar firmeza, sem parecer arrogância. Pelo menos no início. Depois, à medida que firmasse o pé mais fundo no chão do Poder, então daria para impor vontades e maneiras. Devagarinho-vagarinho, mostrar as garras escondidas pelas patas felpudas.
Lá me fui safando.
Chamei o miúdo para perto e sem cargo oficial, o tal miúdo talentoso, já então um homem novo, que não tinha um olho e me ajudava durante os anos de quartel nas manobras noturnas e soturnas. Durante esse tempo, foi estudando nos tempos livres mais do que eu supunha. Por vezes me espantava com os conhecimentos obtidos em Química, Física, História. Havia o Alcibíades, que comandava tudo o que fosse segurança, e havia ele, que controlava o Alcibíades e toda a estrutura dependente do general. O

Alcibíades um dia me perguntou se era verdade o jovem ser meu espião. Prefiro lhe chamar meu impedido, respondi. Não apreciou muito a esquiva, mas calou.

Os gajos da segurança sempre sabem se comportar.

Este é só um exemplo de como foi difícil domar aos poucos os meus amigos que se arrogavam todos os poderes. Eles me tinham posto lá em cima da pirâmide e portanto ganharam direitos acrescidos. Não era verdade deverem desfrutar disso, mas mudar as coisas teve de ser devagar. Pouco a pouco, aproveitando ou estimulando desavenças, fui segurando um, afastando outro, nomeando novos. A primeira-dama, que de política só sabia o pouco que ouvia no bar paterno, foi ajudando a criar a rede, chamando a família a conselhos. Infelizmente eram muito fracos, como fui constatando.

Gostava do meu sogro, o mais sagaz e ponderado de toda a parentela, por vezes lhe pedia aviso. Mas ele era modesto, me pedia desculpa, pouco sabia dos mambos. No entanto, acabava por me dar ideias melhores que filhos e sobrinhos dele. Quando me assaltavam dúvidas e queria derivar dos conselhos de Vidal ou Mário Caio, ou mesmo do general-meu-kamba, que sempre mantive como ministro da defesa, ia ao bar disfarçado, só com o meu espião. Tinha uma conversa numa salinha por trás do bar. Com a ajuda da filha ele tinha aumentado a construção, mas coisa pouca, era mesmo humilde. E nessa salinha, bebíamos uns copos e conversávamos sobre as malambas que eu estava com elas. Saía de lá sempre mais seguro. Estranho, não é?

Poderiam chamar populismo, talvez fosse, mas me dava bem.

Infelizmente o resto da famelga dele diferia muito. Depressa perceberam que estavam à beira de uma mina. Cavaram o mais que puderam, atirando o nosso nome para a lama. O que nos valia era a minha fama como militar, assegurando o controle da tropa, e o espião-de-um-olho-só, o qual me permitia antecipar muitas inconveniências e o eterno espírito de revolta da população treinada em demasiadas lutas pela sobrevivência.

Agora não tinha de me preocupar mais com aparências, nem conflitos de poder. Me bastava contemplar o povo a encher o palácio, as fardas dos altos oficiais a passarem mais uma vez à minha frente, se juntarem lá no fundo, talvez a relembrarem as histórias inventadas sobre a minha carreira militar impecável, muitas vezes salvando a pátria, o continente e talvez a humanidade dos perigos de extinção que estamos permanentemente com eles. As minhas mulheres a se sentarem, uma ou outra talvez estudando os homens válidos, pois, com a minha morte, terminava a lei que as impedia de ter outros amigos mais íntimos. Se o Nhonho tivesse sido indicado para a presidência, talvez quisesse manter a lei de as tornar viúvas intocadas para sempre. Mas o Vidal... Tantas vezes o vi a galar a palanca negra de caxexe, não fosse o diabo sem olho desconfiar e me vir contar. Sabia, aquilo era só desejo sem coragem de avanço. Até achava graça. Agora não sei. Acaba com a lei e vai fazer uma visita noturna com uma garrafa daquele licor que a põe a levitar. Ele sabe da coisa, lhe contei numa noite de copos e confidências. Aposto, o Vidal vai fazer o vazio à volta dela, só apaga a lei quando a palanca der sinais de estar preparada e então aparece com o licor. Bem, a minha parente e sua mulher que se cuide, a palanca é muito exclusivista. Problema deles. Desde criança o Vidal não competia comigo, até me protegia dos mais matulões. Comigo fora do baralho, porque não há de tentar o que sempre desejou? Se tivesse sentimentos, nem poderia ficar chateado. Mas como estou liberto deles, compreendo perfeitamente a situação.

 Embora possa encontrar forte resistência, porque a minha viúva não ia muito com a cara dele. Era meu grande amigo e pronto, ela sempre o tratou bem, mas várias vezes me disse que era feio, gordo e asqueroso. Fisicamente. Não tocou no ponto mais importante e que pode decidir muita coisa, os mujimbos que corriam sobre a ganância do futuro candidato e seus golpes financeiros.

 A mesma coisa deve estar a pensar o espião-de-um-olho-só, pois avançou para o meu lado. Este tempo todo esteve a ler os meus pensamentos?

 – Que quer, chefe, estou aqui para isso. E tem razão. Vai ser um problema para o Vidal se impor ao resto do partido e mesmo a grande parte das forças armadas. Nunca lhe quis preocupar com isso, era seu grande amigo de meninos ainda, mas constam muitas negociatas. Só mesmo o apoio do chefe o protegia. E a oposição tem arquivos, fotos e filmes. Uma parte dos jornalistas sabe ou desconfia. E mesmo por parte da população não encontrará apoio, é tratado com desprezo.

— Então será um problema dos grandes.

— Certo, chefe. Aquele grupo que esteve toda a noite reunido no Secretariado não analisou o tabuleiro inteiro. Estão sem rumo, sem chefia. Decididamente, não queriam o Nhonho...

Eu também não quereria, se fosse um deles...

— E os do nosso partido estão a facilitar, porque o Porco-Espinho faleceu. Consideram não haver adversário, escolhem quem quiserem. Mas escolheram o cavalo errado, acho, se me permite, por muito que lhe doa. Pode chegar a presidente, mas com grande resistência popular. O futuro é difícil de prever. Espero estar errado.

Eu sabia de muita coisa há tempos. De vez em quando até fiz desaparecerem umas provas, o procurador-geral estava ao corrente da minha vontade. Não faço ideia se as fez destruir ou se guardou algumas provas num lugar seguro, para defesa em alguma emergência ou para chantagem. Comigo morto, o procurador, se quiser prejudicar o Vidal, até pode dar esses documentos à imprensa. Por um lado, o Vidal fica em cheque. Por outro, como não posso me defender, os inimigos encontram munição para denegrir o meu nome, tentando apresentar-me como um falsário, alguém que aproveita a sua posição para fazer o que lhe convém com os documentos e arquivos, beneficiando quem lhe é próximo e desprezando as leis e o povo. Claro, comigo fora do poder, tudo é concebível, até darem cabo da minha obra e perseguirem os meus. Daí ser importante saber sair. Não tive tempo, não saí no momento escolhido, a maldita me pegou e não deu para tapar umas merdas e enterrar outras. Vai cheirar mal. A menos que o procurador tenha honra e tomates. Não será pedir demais? Depende da onda.

— Sabes o que temo? Uma maneira de dizer, temer não temo nada, estou indiferente... Podem se comer uns aos outros, todos

conhecem muitas coisas. Ou desconfiam. E dominam os meios de pôr a nu muita sujeira. Vai haver em breve uma luta surda pelo trono. Eu apostaria no Mário Caio, um bom estrategista. Não é conhecido, sempre ficou nos bastidores. Mas era o homem certo.
– O chefe nunca deu uma indicação.
– Era o meu ministro-adjunto, sabe tudo o que se passa no Estado. E é um general brilhante. De gabinete, sem dúvida, uma dificuldade a contornar. Se o nomeei para esse cargo, porém, é porque o guardava como o meu às de trunfo, em caso de necessidade. E agora se trata mesmo de uma necessidade.
– Vou ver o que se pode fazer, chefe. Mas vai ser difícil virar o jogo nesta altura, com os dados já lançados. Se ainda ao menos eu pudesse dizer que era sua vontade... Mas já seriam últimas vontades a mais, não acha?
– Se não te restar outra, joga essa carta. Em caso de desespero, arriscamos tudo numa jogada, mesmo o perigo de criar um incêndio fatal. Das conversas na varanda, só os dois. Podes talvez pedir o apoio da primeira-dama, ela confirmará que eu via o Mário Caio como um sucessor, o preparava para isso. Ela não se importará com o Nhonho. Os filhos ainda são novos demais. Perceberá, se por acaso o Mário Caio ascender, ficará grato e defenderá a minha família.
– A primeira-dama é uma boa carta. Uma rainha de copas.
Percebi, ele ia se preparar para andar, se afastar, era necessário. Travei o movimento.
– Espera, tens de me repetir o que já disseste. Quero ouvir de novo e também não sei porquê. Sempre leste ou ouviste os meus pensamentos como o fazes agora?
– Não. Só depois de o chefe... hum... passar para a outra dimensão.
– Fico mais descansado – brinquei.
Até mesmo um espião treinado para todos os imprevistos pode se trair. Sorriu. Sorriu mesmo. Logo caiu em si, havia gente com os olhos nele, deu meia-volta de cara subitamente amarrada. No entanto, a palanca negra olhava de forma fixa para nós, será que percebeu alguma coisa? Disparate, quem pode imaginar tal mambo?

Somos de uma terra de mistérios, mas há limites.

Uma ideia estranha me martelava o cérebro morto ou quase. Porque ainda me fazia certa confusão estar morto, saber disso e pensar, o que foge a toda a racionalidade. Se o mundo fosse como sempre pensamos, esquecendo ou desconhecendo a tal outra dimensão.

A ideia estranha que me passou no cérebro morto e martelava nele não perdia força e se impunha. Seria mais uma pergunta, mas então como foram os primos da palanca apoiar logo o Vidal contra o Nhonho? Era um bocado contranatura, dada a pouca consideração dela em relação ao meu amigo. Só pode haver uma explicação para o mambo, não combinaram previamente com a prima, desorientados pela minha morte súbita, ou então andavam já mancomunados com o meu avilo de infância em negócios sujos, vá lá saber-se todos os segredos do serralho.

Os ladrões tecem sempre muitos laços e escondem-nos bem, já devia o Maquiavel ter explicado aos pretendentes a políticos.

10

Isilda, a minha filha honesta, está de pé diante do esquife, segurando seu mona de seis anos pela mão e a menina no colo. Está a se despedir antes dos outros. Em breve terá de levar os filhos para casa ou creche ou lá o que seja, não tenho a mínima ideia de como ela arranja tempo livre para trabalhar. Talvez nem assista ao resto das exéquias, embora invente um momento para ir ao cemitério, não se faz a grosseria de faltar ao enterro do pai.

Suponho.

Assisti à única pega que teve com o irmão, o Nhonho. Logo o Nhonho. E logo ela... Me confessou mais tarde, foi mesmo a primeira maka. Grande coisa, uma discussão! Para eles deve ter sido importante. Simpatizaram desde a primeira vez que se encontraram, ele já adolescente e ela com dois anos. Não sei se o Nhonho esteve no batizado dela e, aliás, que interessam esses detalhes? Sempre os liguei nos meus pensamentos porque nasceram de mulheres mal vistas pelas outras mães dos meus filhos, mesmo pela condescendente palanca negra. Sobre a mãe do Nhonho pouco acrescento, porque era um ser de baixa condição (não o éramos todos?) e ainda de pior comportamento. O oposto da mãe de Isilda. Esta passou para a filha o bom senso tão raro nas pessoas. Quando deveria ser habitual. Esta senhora, a mãe de Isilda, era a cabeleireira favorita da palanca, antes e ao termos mudado para o palácio, isto é, depois de eu ter tomado o poder, melhor, depois de outros o tomarem para mim. O que cria logo uma contradição com os que me consideram um usurpador do poder. Poder usurpado, notificaram alguns títulos de jornais. Um bom título, sem dúvida alguma. Com muito exagero, devemos acrescentar para ser justos.

Voltemos aos dois irmãos.

A minha esposa tinha criado na parte residencial do edifício uma espécie de miniginásio e salão de beleza, ao mesmo tempo. Num quarto amplo mandou instalar a passadeira para andar ou correr, um aparelho para fortalecer músculos de pernas, costas, peito e braços, uma geringonça modernosa que eu olhava sem aceitar os desafios dela, experimenta, vá, não tenhas vergonha de suar, experimenta. Gostava de fazer exercícios de vez em quando, mas nada que se aproximasse ao gozo de ir à carreira de tiro com arma de precisão ou apenas uma semiautomática. A palanca também acrescentou ao ginásio umas bolas grandes para praticar Pilates, como dizia. Do outro lado, mandou instalar uma cadeira de cabeleireiro e um secador com respectivo lavatório. Podiam ali tratar da carapinha dela, das tranças ou postiços, que ia mudando conforme lhe exigia o estado de espírito. Do mesmo modo, todo o resto da maquiagem e tratamento de unhas e calos nos pés. Na casa de banho adjacente montou uma pequena sauna, dava para três pessoas no máximo.

Rangi os dentes porque na altura tinha medo de críticas à maneira como eu gastava as finanças públicas e ainda possuía hábitos da frugalidade do quartel. Porém, não lhe neguei esses prazeres, novos para ela. Não se tratava de extravagância, segundo justificava com certa ironia aprendida no café-bar do pai, uma primeira-dama tinha de se apresentar bem para honrar o seu papel de esposa do grande líder nacional. O Vidal e o general-meu-kamba concordaram com ela quando lhes expus as minhas dúvidas, no fundo as obras modestas enriqueciam o palácio e o espanto deles consistia no fato de as anteriores primeiras-damas não terem tratado há muito tempo de tão relevante assunto. Nem para isso serviam, gozaram os amigos, apesar de se esmerarem em andarem rígidas como carapaus secos ao sol. Só reclamei quando mandou fazer uma piscina interior, de água aquecida artificialmente, pois já havia uma no quintal, em parte mais reservada, escondida de olhares indiscretos por sebes de trepadeiras e amornada pelo sol.

A cabeleireira passou a vir ao palácio regularmente lhe tratar da cabeça, quando começaram a aparecer as modas brasileiras e norte-americanas com cabelos indianos ou farripas falsificadas pelos chineses, adornadas por nomes de diferente origem, tissagens, postiços, extensões, tudo para agradar à malta, embora eu achasse que um afro como o da Angela Davis fosse a melhor maneira de fazer realçar o cabelo de carapinha, mas enfim, são gostos de momento, variáveis conforme as modas.

Reparei então na beleza da profissional, rivalizando com a palanca, embora de postura recatada e modesta. Num dia em que fui dizer qualquer coisa urgente e pessoal à minha mulher dei encontro com ela. Depois de conhecer a cabeleireira, passei a ter mais coisas urgentes para dizer à palanca. E percebi que a garina também não era indiferente aos meus olhares gulosos. Qual é a mulher que não fica excitada perante o interesse demonstrado por um tipo com poder, sobretudo o poder máximo? Devia ser a minha cara, os meus modos, o meu físico de atleta que atraíam as damas! Que nada! Era mesmo o poder que tinha, a possibilidade de resolver um problema ou situação mais complicados com um sopro ligeiro. Não afirmo que as nossas mulheres sejam interesseiras. É natural e quase inconsciente. Enquanto me deixava atrair pela cara bonita ou um bom par de coxas, nunca me preocupei com a riqueza de espírito ou caráter de uma mboa que eu ansiava por bubular.

Essas visitas ao salão de beleza, como lhe chamava, tinham de ser breves e devia evitar os espelhos que podiam atrair a atenção da palanca, sempre atenta aos meus movimentos, sobretudo de olhos. Fingia mostrar indiferença às minhas gentilezas em relação a outras damas, mas era tão ciumenta como qualquer dona. Não faria uma cena de arrancar cabelos, mas arranjaria uma maneira sutil de me castigar, as mulheres têm muita imaginação para nos sarnarem.

Assim, quando estava seguro do interesse discreto da cabeleireira, mandei um oficial da segurança esperar por ela à saída para lhe dar o endereço de uma casa sóbria e a data em que devia aparecer. Não se preocupasse com a indumentária, era apenas para uma conversa.

Suspeitou do tema da conversa, mal chegou. Ou talvez soubesse imediatamente quando recebeu o recado. Lhe servi um copo de vinho branco, nem dei tempo para recusar ou escolher outra bebida.

Acompanhei-a no vinho. E lhe perguntei coisas sobre a vida dela, a família, os sonhos e os projetos. Era modesta, não sonhava com muitas coisas, o que era verdade, como constatei mais tarde ao lhe oferecer presentes e ela protestar sempre, não é preciso. Acreditei, ou quis acreditar, que o melhor presente seria a minha companhia. Talvez fosse verdade, acho mesmo que sim, pois até recusou a pensão que mandei lhe conferir quando terminei a relação com ela, tinha a filha dois anos. Quando deve ter conhecido o Nhonho. Acabou por aceitar a pensão, não dava para recusar indefinidamente. Mas por que estou sempre a saltar no tempo, desconsigo relembrar uma cena de A a Z? A cabeleireira ficou surpreendida (desapontada?) no primeiro encontro, pois ao fim de uma hora de conversa e dois copos de vinho cada, lhe agradeci muito o tempo despendido e mandei um motorista levá-la a casa. Sem lhe tocar nem levar a conversa para caminhos inconvenientes. Ficou confusa durante a semana que passou até voltar ao palácio para tratar da cabeça da primeira-dama e receber novo recado no fim do trabalho. Como mais tarde me contou e eu já esperava, nada revelou do nosso encontro inocente à minha mulher. Silêncio revelador.

O segundo encontro foi muito diferente.

Já tínhamos escolhido as armas, tínhamos estudado táticas e estratégia. Foi do gênero brusco. Um ataque frontal, parecia combinado, pois não houve desvios, nem movimentos de engodo ou manobras de diversão. Ação pura e direta. Um delicioso e violento combate.

Dele nasceu Isilda.

Foram quase dois anos de sexo e muita conversa. Nunca falávamos de nós. O mais próximo que nos aproximávamos desse assunto era quando se imaginava o futuro de Isilda e eu insistia na garantia de providenciar os estudos nas melhores escolas e os gastos naturais de uma criança a crescer. O que cumpri religiosamente.

Ou não tivesse princípios...

Ela não perguntava nada sobre a palanca negra e nossas relações, não se interessava mais que o normal sobre os assuntos de Estado, ou sobre os meus outros filhos. Quer dizer, nunca tocava em pontos sensíveis que pudessem deixar entender interesses mesquinhos. Também não vagueava pelos mujimbos que corriam sobre meus ministros e amigos, sempre prontos a cometerem malandragens com dinheiro que não lhes pertencia. Não tentava influenciar qualquer decisão política ou de negócios. Falava da família dela, do seu passado difícil mas alegre em pequena cidade de província, nos estudos interrompidos porque os pais não tinham reservas para pagar colégios a tantos filhos, numa história semelhante à minha, exceto que eu consegui terminar o ensino médio e arranjei emprego na tropa, depois de tentar a polícia das mentes. Ela falava das coisas simples do dia a dia, dos clientes e suas histórias, sem nunca revelar nomes, das anedotas que se contavam sobre o nosso futebol ou sobre a apresentadora de televisão que ficou com a cabeça toda estorricada num salão de um concorrente, etc., etc. Muito relaxante para quem tinha tanta responsabilidade como eu e passava a vida a fazer contas de adicionar a propósito dos chatos que me rodeavam e dos deserdados que rosnavam à volta, esperando a oportunidade para me enterrarem uma faca nas costas. Com exceção de alguns kambas de confiança, claro.

Ela passou para Isilda essa maneira simples e sensata de ver as coisas da vida, acho. A miúda cresceu sem grandes problemas, pois não podia ter mais irmãos, pela combina estabelecida que mulher minha nunca deveria voltar a se relacionar com homem. A propósito, agora que morri, vai ser um forrobodó, imagino, com elas todas a se desforrarem das minhas restrições. Suspeito no entanto que esta mboa seguirá a primeira-dama, manterá, se não a castidade, pelo menos a discrição. Porque há umas tantas, a que não porei nomes, que já devem estar a escolher os futuros, como antes as meninas nos bailes tinham a sua lista de precedência para as valsas, sei, porque também sou letrado, embora essas fossem maneiras de salões estrangeiros e bem longe de nós.

Passemos.

A maka da Isilda e do Nhonho. Nada de grave, nada entre eles podia ser grave.

Foi quando ele voltou do estrangeiro, formado. A Isilda apareceu logo no palácio para ver o irmão, o preferido de todos. Se fôssemos como os faraós do Egito, ou de outras dinastias conhecidas, era de prever uma boda entre eles, tão chegados eram, só confiando praticamente um no outro para confidências de toda a ordem. Há certo exagero, porque Isilda e a mãe falavam de tudo e o Nhonho também se abria muito com a primeira-dama. O meu espião-de-um-olho-só contava as conversas entre eles, insistindo nisso embora eu tivesse dito que me incomodava andar a espionar os meus próprios filhos. Ele vinha com a treta da segurança de Estado, ninguém mais sabia do que se passava mas eu tinha de estar ciente para controlar qualquer possível dano, e as pobres crianças nem imaginavam que todos os seus passos e palavras eram controlados e reportados a mim. Assim fui me apercebendo da inteligência e integridade de Isilda, enquanto Nhonho se revelava indeciso e pouco corajoso. Os filhos saem sempre às mães? No caso do Nhonho, ele saía a ele mesmo, pois a mãe até era mais parecida comigo, com a diferença de eu não andar por aí a procurar dinheiro e oportunidades embaixo de cada pedra. Nhonho e Isilda como casal podiam se completar, ele com a teimosia e reconhecida capacidade de trabalho, ela com a inteligência e honestidade. Pena, nos meteram bichinhos na cabeça por causa do incesto e da consanguinidade, nem tentei pensar a sério no assunto, muito menos impor uma lei. Quando os via juntos, e era muito frequente isso acontecer, a ideia ia e vinha, que grande par, um par de futuro. Sem nenhuma razão para desconfianças em inclinações ocultas, como o meu amigo-de-um-olho-só poderia garantir.

Não sei como começou a maka, nunca foi esclarecido e não permiti que se inquirisse, desimportava, não era político. Ou talvez fosse, mas de outra maneira.

O certo é que...

– Tens de parar com isso – disse Isilda. – Prejudicas o pai e sobretudo a ti. Também ao resto da família.

– Não tens nada com o assunto – disse Nhonho, ainda atordoado com o ataque.

— Tenho e tu sabes... Então agora já não sou o teu amparo, o teu conselheiro preferido, como dizias? Eu, uma miúda sem saber nada da vida, tinha de te dar explicações sobre tudo. E eu aceitava, és o meu irmão, o preferido entre tantos, da mesma maneira que sempre dizias que eu era a tua preferida, a tua irmã caçula e mais nenhuma seria a caçula, só eu. Mesmo que houvesse bebês depois de mim, como os houve, oh, se houve...

— Mas agora sou adulto. Tenho já mais de trinta anos e tu com dezesseis.

— A idade não interessa. A propósito, tenho dezoito, esqueceste?... Vieste do estrangeiro para a festa...

— O pai ia ficar chateado se eu não viesse. E eu vim, estando já quase de partida definitiva para aqui... Nem me dava muito jeito vir e viajar de novo, mas vim por tua causa... Afinal eram dezoito anos?

— Engraçadinho! Não mudes o assunto...

Eu ouvia a discussão por trás de uma janela sem me dar a ver. Eles estavam numa varandinha da parte de trás do palácio, havia várias, com o sol poente nas faces, não é difícil imaginar. Estava curioso em saber qual a origem da discussão, por isso quase não respirava para não revelar a presença. Pensar como era possível eles estarem ali a discutir e, se quisesse, o meu espião ouviria tudo o que diziam, bastava carregar num botão. Pois, as idades tinham avançado, o Nhonho já tinha uns trinta e dois anos, por aí. E ela dezoito. Estou velho. Não agora, pois esta cena tem muitos anos, antes de ela ir estudar para a Alemanha, pouco antes, aliás. E ele já tinha regressado da Inglaterra.

— Essas coisas fazem-se lá no estrangeiro e aqui também, eu sei... Muitas vezes me deram para experimentar. Mas nunca aceitei.

— Se julgas que mereces um louvor por isso, estás muito enganada. Só os boêlos não experimentam coisas novas... E aqui não é novo, sempre se fez, é tradição.

Droga ou sexo, pensei eu. Espero que seja outra coisa. Sexo no Nhonho era normal, o contrário é que seria de arrepiar. Mas ela podia deixar para mais tarde, embora nos tempos de hoje... O chato

era ser um com o outro, lá estava o mesmo dogma...
— O problema não é experimentar. Mas contigo é todos os dias. Estás viciado. Quando no país se é muito pouco indulgente com isso, tu sabes, já falamos. Até pode ser um disparate, um atraso, e contra a tradição secular... Mas é a lei. E é a lei do pai. Tu não podes ir contra a lei do pai. Mesmo se ele não a impôs, já a encontrou instituída...
— O pai não é para aqui chamado.
Afinei os ouvidos. Se tratava de mim?
— Ninguém o está a chamar. Mas se outros sabem, vão dizer que ele é super-repressivo em relação ao povo e afinal o filho usa e abusa debaixo do teto dele. Como fica? Desmoralizado, humilhado, diminuído politicamente. Nós temos o dever de o defender sempre. E nunca chegar a situações que o comprometam. É tão simples.
— Simples de dizer.
— E de se comportar. OK, pode não ser grave, eu mesma considero que não é grave. Mas é contra o pai. Tens de pensar nele.
— E ele pensa nos outros, sobretudo na malta das aldeias, quando proíbe uma prática ancestral? Que não faz tão mal como a pintam.

Droga, liamba. Só podia ser. Não precisava do meu espião para decifrar as coisas que os meus filhos calavam, pelo menos os nomes. Então o Nhonho anda nas liambas... se for só isso. Heroína, cocaína, os ácidos de que me falam, o que se vai inventando todos os dias, esses sim, são perigosos. Liamba bem sei que não é. Mas já estava proibida antes de mim, apesar de os mais velhos fumarem sempre ao fim do dia nos njangos das aldeias para conversarem mais calmamente e filosofarem sobre o passado e os futuros fechados para eles. Estava proibida e eu nunca mandei levantar a proibição.

Vi na televisão várias vezes a polícia a queimar a liamba que apanhava escondida nas lavras. Alguns ainda me sugeriram, os impostos até dão jeito ao governo, produção fácil e dá para exportar, os filhos dos outros que a fumem e nos deem o dinheiro a nós, há países que o fazem com a cocaína e o ópio, drogas muito mortíferas, um dos adeptos de tal negócio sendo o meu amigo Vidal, como acho que já recordei, mas, sei lá, estou com a memória um pouco avariada. Neste assunto preferi não entrar em lutas contra os tipos do partido, sempre prontos a acusarem por trás quem quer mudar coisas, mesmo se significam avanços. Como diria Sêneca, se o caso se apresentasse assim na Roma Antiga, os aparelhos dos partidos estão sempre emperrados, enferrujados, recusam qualquer oscilação ou movimento. Só deixam avançar se forem partidos. Enquanto com alguns rolamentos e uns cotovelos metálicos se resolveriam os problemas mecânicos. Acrescentando alguma massa consistente para não chiarem tanto. Mas os aparelhos dos partidos são demasiado rígidos, só consentem movimentos se forem destroçados ou derretidos pelo fogo.

– Não queres mesmo um bocado? Eu faço-te o charro.

– Ouviste alguma coisa do que te disse? Não, claro. Eu digo, vai à merda, Nhonho. E nunca mais venhas para aqui fumar a tua porcaria, senão vou dizer...

– A menina vai queixar ao paizão?

– Era o que merecias. Por seres burro. Não vês que aqui dentro tudo é controlado? Mesmo a dormir és controlado.

– Como sabes? Nem moras aqui.

– Por isso mesmo, sei. Sempre foste muito ingênuo, Nhonho. Porra, é demais. E achas não precisas mais dos meus conselhos... Quem te vai contar as verdades?

– O zarolho.

– Se é ele mesmo que te controla, que nos controla, que controla tudo! Cresce, que já tens mais de trinta anos, tu mesmo disseste. O zarolho só conta os segredos para o pai. E eles têm razão. O chefe deve saber tudo e só deve dizer o necessário. Mas tu expões-te a ser apanhado a fumar liamba no palácio... não sabes que isso deita um cheiro inconfundível a muita distância? Claro que sabes. Não te importas. Tudo para saciar o vício. E o pai que tenha de se explicar em público um dia, para felicidade dos seus e nossos inimigos. Sei que gostas dele e estás disposto a defendê-lo. Parar com esse vício ou pelo menos não o fazer aqui é uma forma de o defender.

Não era homem de chorar. Mas senti os olhos umedecidos. A minha Isilda a explicar ao meu filho mais velho os seus deveres em relação ao pai, sempre preocupada com o velho. E ele calado, no fundo aceitando. Tinha boa índole, apenas fraco. E se calou, acabou a discussão. Se podemos chamar discussão a isto.

Os meus filhos.

Os meus dois preferidos, no fundo. Quando soube da gravidez da cabeleireira e a sua origem, a minha palanca espumou. Dessa vez não queria deixar pedra sobre pedra. Expulsou-a para nunca mais. Que tinha sido falta de consideração tentar roubar marido alheio quando era empregada pela mulher. Perdoava às outras, gentinha sem importância, segundo seu julgamento, mas a ela nunca o fez. Estes dois dias depois da minha morte são a primeira vez em que estão na mesma sala, embora se ignorando. Tenho a certeza, a mãe de Isilda facilmente restabeleceria relações com a primeira-dama, muitas vezes me fez testemunha dos seus remorsos por estar a enganar a outra, cliente antiga, uma quase amiga. Ainda pensei proporcionar uma reconciliação, pelo menos evitar recriminações que pudessem chegar ao público. Vidal me desaconselhou, deixa ficar assim mesmo, quanto mais mexes na merda mais moscas atrais.

 A propósito do que disse antes, onde fui buscar a ideia de que morri há dois dias? Só me lembro de duas noites, com muito pouca gente no velório. Daí a achar que passaram apenas dois dias vai um oceano...

 A minha esposa detestava igualmente a mãe do Nhonho, embora nunca a tivesse conhecido. Ódio de morte. Nesse caso nem razão tinha, pois era um mambo anterior ao nosso namoro e casamento. As mulheres são assim, adivinham qualquer coisa nos homens. Deve ter cismado que nunca a esqueci, isso a incomodava. Nem verdade era. Não a esqueci, de fato, porque a desprezava demasiado para a esquecer. Portanto, talvez fosse a razão do ódio da palanca. Já tinha desistido há muito de entender as mulheres, pelo menos a minha. Seria a razão de eu estar mais ligado a estes dois filhos, ligação estabelecida pelas mães, por motivos diametralmente diferentes? Tinha sorte de não perceber nada de psicologia, porque tais pensamentos poderiam me impedir a tranquilidade, como precisava. E merecia.

Os outros filhos não suscitavam grandes sentimentos. Gostava de todos, claro, mas tinha menos paciência para os choros e os risos, as parvoíces da adolescência e as birras de meninos-filhos-do-poder. Nem o Nhonho nem Isilda eram esbanjadores e ostensivos, ela então era de uma contenção acima da média. Quem a visse sem a conhecer antecipadamente nunca pensaria ser a filha de um presidente, nem sequer de um muata qualquer. E ela não se coibia de sair à rua, brincar com os amigos na praia e fazer as coisas normais como os filhos dos populares fazem. Ia para a escola a pé, com companhia de uma amiga ou sem ela, voltava da mesma maneira. A partir de certa idade sabia, como a mãe dela ainda melhor sabia, os meus homens não as perdiam de vista, não para controlar, mas para proteção.

Não só delas, também minha. Algum tresloucado ou governo estrangeiro podia tentar um rapto para me chantagear, operações vulgares em política. Aceitou com relutância e muitas vezes fazia umas manobras para desmascarar os espiões e lhes rir na cara. Mas aceitou. Era inteligente, sabia poder se tornar numa arma contra mim. Segundo a mãe, sempre me adorou e me colocava no pedestal de Buda, Sundiata Keita ou da rainha Jinga.

Não podia dizer o mesmo dos outros filhos. Uns não contavam, eram pequenos demais. Mas os mais crescidos arranjavam sempre maneira de se tornarem arrogantes nos colégios ou universidades onde andavam, pouco estudavam, conseguiam diplomas com escasso mérito e gastavam rios de dinheiro usando o meu nome. Em alguns casos, eram as mães que lhes amparavam os vícios e banquetes, pedindo empréstimos bancários ou pessoais, que se transformavam em tremendos kilapis. Não precisavam usar o meu nome, quem ousaria ir contra um desejo delas? Ou os mais velhos que entravam num ministério e nem se dignavam dizer bom-dia, já vinha o ministro a correr e a sorrir, o que deseja, em que o posso servir? O irritante da questão é que, no princípio, me fartei de avisar, não aceitem nenhum pedido em meu nome sem que eu assine um papel. Especialmente de parentes. Porque eu sabia o que se dizia no quartel do Nindal sobre os parentes dos chefões. Adiantou a advertência?

Nem medo de mim tinham, pensavam as palavras não valem nada, serão apenas um biombo para estrangeiro saber, todos na prática faziam o que achavam ser o desejo do chefe. Adivinhavam as preferências sem perguntar nada ao pobre do chefe, o bandalho a quem atribuiriam todas as asneiras quando caísse.

Não foi para isso que me escolheram?

Levei tempo a perceber. Aliás, foi a palanca a entender primeiro como funcionavam os esquemas e a me avisar, fazem isto e aquilo em teu nome. Ela sabia, porque há muito tinha experimentado ir a algum sítio e esperar que lhe abrissem todas as portas sem ela mexer um dedo ou dizer uma palavra. As portas se abriam sozinhas mal mostrava a cara. Aprendeu. Depois me advertiu. Como fiquei espantado primeiro, impotente depois, os tipos abusavam. A família dela, as mulheres e seus filhos, todos os que me rodeavam, sobretudo o Vidal, claro. Mário Caio não, que várias vezes pus o meu amigo-de-um-olho-só a espionar passos, palavras e pensamentos do general. Nada descobriu. Por isso confiava num e no outro.

Tenho muitas histórias tristes, mas uma que me chocou particularmente se passou com o filho que fiz a uma secretária, pouco depois de ir para o palácio. O menino, estudante fraco numa universidade europeia, foi a um cassino jogar bacará ou roleta. Com os amigos, um grupo de mabecos que só andavam com ele para beneficiar dos seus privilégios. Perdeu que se fartou no cassino. Com um cartão de crédito dos mais seletos, que eu nunca tive, nem sabia que existia. Esvaziou a conta e proibiram-no de continuar a jogar. O rapaz já tinha chupado umas pastilhas químicas e bebido uma garrafa de uísque. Insistiu que queria continuar. O saldo estava a zero. Disse em voz alta de quem era filho. O país naquele momento andava nas orelhas de alguns mais sabedores de negócios que pelo cassino rondavam à cata de uma oportunidade. Tinham sido descobertas umas minas de um metal precioso de que tive dificuldade em memorizar o nome quando me anunciaram a descoberta. Um desses ladrões de casaca e lacinho deve ter avisado a gestão do cassino. Como o rapaz continuava a fazer uma cena vergonhosa, apoiado pelo bando de amigos, o diretor apareceu para acalmar, era uma deferência em todo o caso. Coisa que o menino nem percebeu, apesar das teorias sobre relações internacionais que andava a engolir, mal, na universidade. Por isso saiu aquela resposta do menino às explicações e pedidos de desculpa do gerente:

– Vá à puta que o pariu que nunca cá mais volto. E vou avisar o meu pai para comprar esta merda deste cassino só para eu ter o prazer de o pôr na rua a pontapés.

O gerente era bem educado e só não o pôs fora a pontapés ele próprio porque sabia rastejarem jornalistas de sarjeta pela sala. O que não impediu de o incidente aparecer na imprensa escandalosa com títulos acintosos e racistas como "Filho de presidente africano ameaça comprar cassino". Este até foi um título leve e muito próximo da verdade, só com a palavra "africano" a mais. Prefiro esquecer os outros. Se eu tinha esperança de a mãe o repreender e me apoiar nos berros que lhe dei, fiquei desiludido. Ela se atirou a mim, que deixava o cartão de crédito dele chegar a zero sem o evitar. Abastecendo ao segundo, com certeza. Eu é?

A família que criei foi pior, regra geral, que a família que me deram de herança. Os meus irmãos e sobrinhos podem ter aproveitado da influência oculta provinda da proximidade com o poder, mas ninguém exigiu de mim um cargo ou uma prebenda, lá isso é verdade. Acho, os meus pais souberam educar os filhos. Não sou eu mesmo um exemplo?

Sem falsas modéstias.

É claro, não fui ao pote mas mandei a palanca tratar de guardar a recato no estrangeiro, em conta secreta, algumas prendas que me deram por mandar assinar contratos volumosos. Se por acaso houvesse um golpe de Estado ou uma fatalidade qualquer que me afastasse do trono, como recuperá-lo se nem dinheiro para armas tivesse? Poucas vezes mexi nesse fundo de emergência, no entanto. De vez em quando era necessário pagar a um profissional para fazer desaparecer algum inimigo perigoso, nacional ou estrangeiro. O espião-de-um-olho-só não servia para todas as tarefas, sobretudo no ultramar, onde se movia mal. Tinha de haver recursos para comprar consciências, almas e mercenários. Compreende-se. Nunca o confessei, não precisei de o fazer. Agora também já é tarde.

Se conseguir ultrapassar as dificuldades que vai certamente encontrar com o meu desaparecimento físico, a primeira-dama terá uma vida tranquila onde quiser, só não na Lua porque as condições lá são desagradáveis. Ela é a gestora de todas essas contas e mais ninguém sabe. Portanto, fica folgada. Se lhe deixo também parte das residências e propriedades, no fundo é apenas porque seria suspeito dividir só com as outras. Serão grãozinhos de sal no mar Morto. Com a minha morte prematura, fica a única proprietária dos depósitos em diamantes e outras joias, com as ações e obrigações em tantos bancos que sempre lhes perdi as contas. Tem uma velhice tranquila e os filhos também.

    Até os macacos sabem se precaver.

11

Tinham reforçado o ar condicionado no salão. Além do habitual, em aparelhos situados no alto das paredes e no teto, mais ou menos disfarçados, tinham trazido durante a minha soneca quatro torres de onde saía ar muito frio diretamente contra as pessoas, conhecia as máquinas. Não notava frio ou calor, como é óbvio, mas os assistentes sim. E aqueles aparelhos sempre me interessaram, sendo um amante de metais. Na oficina do Nindal experimentei com o meu ajudante-de-um-olho-só desmontar um aparelho normal já velho, para extrair o chumbo nele contido (porque aquele peso todo só pode vir de placas de chumbo). A intenção era aproveitar o metal e fazer balas. Em momentos de aperto financeiro podia servir para um combate modesto. Acabamos por não realizar a experiência porque fui chamado a qualquer emergência que esqueci entretanto. A lembrança veio a propósito do calor que se multiplica nos nossos climas quando uma multidão vestida de preto se aglomera num salão, por muito grande que o espaço seja. E alguns até usam colete para imitar os tipos do norte, que eles consideram os únicos civilizados, cambada de complexados.

Complexo do colonizado, o mais doentio dos complexos.

É curioso notar a balbúrdia à entrada, uma verdadeira canvanza. As pessoas se empurram para entrar na sala, fugindo do calor dos corredores. Embora também haja ar condicionado neles, aliás em todo o palácio, nos meses do calor destila-se. Dois ou três minutos depois de terem conseguido lugar dentro, sentindo o frescor vindo das torres, começam a mexer de caxexe dentro das roupas, para descolarem o corpo. Imagine-se a tortura coletiva durante o funeral, se resolverem fazê-lo nas horas mais quentes, quando o sol bate no zênite. É o hábito. Ninguém tem coragem de frequentar cemitérios quando ainda não há ou já deixou de haver luminosidade quase total. Apesar de todos os ratos de igreja negarem, as noites parecem muito animadas nos cemitérios, com os espíritos a saírem das covas para dançarem movimentos macabros ao ritmo da brisa vinda de leste. Pelo menos é crença popular, e parece mundial, não só nos nossos países considerados subdesenvolvidos. O que permite a uns larápios mais arrojados e a outros desesperados aproveitarem os jazigos de portas arrombadas como refúgio, ou para se esconderem ou apenas dormirem sossegados.

Na circunstância de exéquias oficiais, costumam pôr um toldo na zona onde está previamente cavada a sepultura. Mas a sombra só serve as mais altas individualidades e os coveiros e o sacerdote oficiando a cerimônia religiosa. O resto do pessoal sofre dentro dos fatos pretos e grossos, enquanto as senhoras põem os peitos quase de fora dos vestidos com um ligeiro véu preto a disfarçar a nudez. Essas têm mais sorte que os homens, pois os vestidos permitem a entrada do ar, ainda quente mas menos, por ficar uns momentos à sombra dos corpos. Todos odeiam os discursos laudatórios, as leituras das biografias só com os aspectos e atos positivos dos defuntos, uns heróis e santos, alguns mártires do dever. O gajo nunca mais acaba de falar, nós aqui a derreter as banhas ao sol, pensamento geral. Mas quem foi considerado digno de tomar a palavra para enaltecer os feitos do herói tombado não sente sequer o calor sufocante, refrescado pelos minutos de glória, atraindo os olhares de todos os representantes dos vários poderes ali presentes. Eu sei, olhares masé de ódio, de rancor, de desesperança.

Enterrem o gajo rápido e vamos beber uma cerveja gelada.

Não tenho ilusões, é isso que vai acontecer no meu momento de sair desta merda e entrar na História. Devia ter curiosidade em saber como nela fico, como um déspota sanguinário que nunca fui, ou um chefe generoso e preocupado que também nunca fui. Não tenho ilusões, já disse, para mim o honroso meio termo nunca será usado.

Nessa altura, ainda por cima, com o caixão já fechado, nem dará para galar as pernas de alguma boazuda que me escapou em vida. E há tantas cujas imagens podia levar comigo.

Se para algum lado fosse.

Por falar de mulheres, sempre tive um fraco por magras e altas. Embora só tivesse acesso a elas tarde na vida, pois a juventude foi passada em lugares pouco frequentáveis, como sejam escolas quase só de rapazes, o que aliás é exceção no país, mas eu tive azar nesse aspecto. E nunca andei em seminários. Depois, no quartel, tinha a visão das mulheres dos oficiais sempre ao longe. Nas folgas ia às putas, assim me familiarizei com alguns aspectos mais recônditos do sexo feminino. Só depois de subir na hierarquia castrense, e ser oficial de patente muito razoável, pude escolher noiva correspondendo às minhas inclinações estéticas.

Efigénia.

A mãe do Nhonho, conhecida anteriormente, tinha uma grande passada e exuberância, talvez demasiada, tendo dado no que deu. Na realidade nem a escolhi, impôs-se, mas sem dúvida seguia o padrão físico que tinha sempre sonhado. Perdida Efigénia, fui reproduzindo as mesmas imagens da mulher ideal. A palanca negra talvez tenha sido o exemplar mais elaborado, para usar uma expressão machista. Ora porra! Ninguém me ouve e apenas o de-um-olho-só pode perceber o que penso, não corro perigo ao me exprimir livremente. Exemplar, sim, um exemplar perfeito de uma palanca negra gigante, um dos últimos mitos do nosso território, nascido de mitos e espero continue assim. A partir da primeira gravidez da minha mulher e da sua indisposição para brincadeiras na cama, ganhei o gosto de ir procurar alívio noutros sítios e nunca mais parei. Sempre procurando as réplicas e tréplicas do meu ideal feminino. E quanto mais novas, melhor. Claro, pelo meio encontrava umas não tão tenras assim, Madalena, por exemplo. Realmente, até hoje não compreendo o que me prendeu nela, não particularmente atraente, azeda e má de cama. Pouco importa hoje.

Quanto mais maduro, mais confundia as recordações e os rostos, numa girândola permitida pelo poder que tinha, mas me desnorteava um pouco nos nomes. A segurança se encarregava de as abordar, quando eu encontrava numa cerimônia, reunião ou ato cultural, alguém correspondendo ao meu padrão. Esta intervenção dos poderes estabelecidos perdia a graça, pois já não havia a aproximação, a fase dos sinais evasivos, os sentidos todos em posição, os momentos de romance. Tudo era previsível, pior, tudo era encomendado e feito como um fato de pronto-a-vestir. Não havia mais emoção, aquele leve receio de encetar a caça, o prazer de sentir a gazela presa pelas patas até à consumação do inevitável. Quem negava, quem tinha coragem de fugir? Daí o cansaço e a falta de interesse quando tinham um filho e eu sentia os corpos ficarem baços e a se confundirem com os cortinados. Reconhecia o filho perante a lei mas partia para outra, talvez da próxima vez fosse diferente. Não era. E eu, que descobri tarde o prazer da caça, me cansei dela cedo demais. Ia fazendo filhos, mas mais por hábito que por outra coisa. Não era para me gabar mais tarde ou para as pessoas me invejarem como bom reprodutor.

Apenas uma rotina, um vício incontrolável.

A palanca se enfurecia mas calava. Na maior parte dos casos, ela os julgava menores, sem seguimento. No entanto, por vezes se enfurecia e mostrava raiva. Partia de viagem inopinadamente e eu percebia, se tratava de um castigo. Tinha pena dela, não merecia mesmo o meu comportamento indecente, mas era mais forte do que eu, uma segunda natureza descoberta tarde demais.

Nguendeiro, debochado, bubulador, depravado, gombelador, assim me chamavam de lábios quase cerrados pelo ódio, julgam não sei? Era tudo isso, tenho de reconhecer. Sou ainda, que olho com desejo mulheres novas, altas e belas, mesmo neste momento solene em que me despeço da humanidade. Desejo até as destinadas a outros.

Os filósofos dizem há milênios, o homem e o lacrau não podem fugir à sua natureza. Não tenho vergonha da minha natureza de devasso, a história poderá me acrescentar esse cognome, se merecer um cognome.

Por vezes forcei um pouco demais as coisas. Por exemplo, o caso de uma bela pequena de dezoito anos, muito prendada. De família próxima, política e socialmente. Os parentes perceberam depressa a intenção, estava escrita nos meus olhos. Me fizeram saber, nessa não tocas. Mais me interessou a moça. Lhe toquei mesmo e várias vezes. Não engravidou, os pais conseguiram mandá-la para o estrangeiro a tempo. Arriscaram muito a minha fúria. Estava por acaso em fase pacífica, tínhamos conseguido grandes vitórias políticas e diplomáticas, fui magnânimo. O espião-de-um-olho-só queria resolver o problema à sua maneira, o pai desaparece num rio com crocodilos, a mãe é mandada para o campo trabalhar na mandioca e vamos lá ao estrangeiro recuperar a rapariga, uma traição dessas não se faz, nem autorização pediram, afinal quem é o chefe aqui? Tive de lhe explicar com calma, não tinham de pedir autorização, a filha era deles, podiam mandá-la para onde quisessem, provavelmente até com a aquiescência dela, o que me parecia muito estranho, mas enfim, a moça podia não apreciar o fato de ter sido afastada do namorado pelo serviço de segurança para me acompanhar em algumas noites. Há miúdas assim, para quem o namorado é tudo, em dado momento. Claro, depois de casarem com esse amor de infância talvez se arrependam de não terem provado antes do poder real, mas a vida é feita de mistérios, por isso se torna interessante.

Tinham então reforçado o arrefecimento da sala e ela estava apinhada de gente. Parecia mesmo, iam começar as últimas cerimônias. Esperava que me deixassem o caixão aberto, para poder assistir de palanque a tudo aquilo. Foi recado que não dei ao meu espião-de-um-olho-só e agora ele estava com dificuldades de me entender, certamente por causa de tanta gente na sala e o ruído que se ouvia vindo lá de fora. Observei todo o espaço à minha frente e dos lados mas não vi o meu amigo-de-um-olho-só. Se ausentou da sala por muito tempo ou foi um segundo em que adormeci?

Ao procurar por ele, notei os dignatários e demais pessoas muito agitados, cochichando entre si, se virando para as portas, agora cerradas, com guardas a protegerem-nas. E ouvi então uma espécie de trovoada lá fora, como um urro prolongado e multiplicado. Não eram disparos de canhão, o que podia fazer parte do protocolo se despedindo de mim, não era o barulho de botas marchando no asfalto, não eram aviões a jato sobrevoando o palácio, tudo possibilidades para o momento solene. Me distraí um pouco ou dormitei, ou não foi nada, um espasmo.

– Um grupo de jovens preparava uma manifestação contra a corrupção e a falha na luta contra a pobreza – ouvi uma voz, cuja origem não reconheci. – Será isto?

– Isso foi ontem – respondeu outro desconhecido. – Como sempre, a polícia caiu em cima dos manifestantes, não tinham pedido autorização para se reunirem. Mandaram uns tantos para o hospital com uns ossos partidos, outros para a cadeia, desfizeram a manifestação. Se desconseguiam de se reunir com o chefe vivo, iam fazer quando ainda estamos a lamentar a sua morte? Querem gozo ou quê?

Devem ter passado segundos depois desta conversa apanhada como por acaso. O ruído vindo da praça aumentava. Que podia ser aquilo? Como se estivéssemos num campo de futebol, as claques gritando a plenos pulmões. As portas e janelas cerradas amorteciam o barulho no salão mas bem vi os assistentes todos virados ostensivamente para as portas, me dando as costas, assustados. Algo de grave se passava e eu não podia comunicar ao espião-de-um-olho-só a minha vontade de observar o meu enterro até ao fim, para que não me encerrassem antes do tempo. O barulho aumentava, parecendo uma multidão a avançar aos gritos. Sim, era o característico fragor de uma turba enfurecida.

Já não havia respeito?

Parecia, já não havia. Alguns gritos eram perceptíveis, até eu os ouvia. Abaixo os corruptos, abaixo a ditadura, abaixo a polícia, ladrões para a cadeia, e coisas desse teor, absolutamente inaceitáveis numa democracia avançada. Já não era problema meu, mas em todo o caso compreendia que os distintos fidalgos na sala se indignassem com a falta de educação da população. Pareciam masé assustados. E me preparei para observar melhor os rostos a contarem as histórias dos seus terrores.

Não tive tempo.

De repente, por trás de mim, sem que eu visse, devem ter trazido a tampa do caixão, porque me taparam. Fiquei no escuro mais absoluto. Ouvia vozes dos lados e em breve as marteladas, pregando a tampa. Não brincavam com coisas sérias, quando era para fechar, pregavam com toda a força, talvez com medo de que eu fugisse. Aumentava o ruído vindo do exterior e já ouvia as senhoras a gritarem, gente a correr por cima da alcatifa, berros de comando, vamos bazar pela porta de serviço, este palácio não tem passagens secretas, eles estão a chegar, derrubaram a última barreira de segurança. Eram os gritos que conseguia identificar, sem saber quem eram os invasores que atacavam o palácio, enquanto continuavam as marteladas.

Só o pensamento de ser possível alguém ousar atacar o palácio comigo lá dentro, mesmo sem vida, deveria me enfurecer para a eternidade. Mas estava em paz, como há dias.

De súbito, a voz de Vidal se impôs:

– Acabem lá o serviço, não temos muito tempo.

O meu amigo de infância estava ali perto e com uma voz aterrorizada. E alguém lhe deu a informação que me explicava alguma coisa:

– Mataram mesmo o agente número um – pude distinguir a voz do general-meu-kamba, um pouco desaparecido ultimamente do palácio. De fato, andávamos bastante afastados no relacionamento pessoal, talvez por ele nunca me ter perdoado ter reduzido nos últimos tempos os prêmios de função para certos cargos vitais, como o dele. Ser ministro da Defesa, sem uma guerra para justificar compras de armas e importação de toda a logística necessária, já não chegava para lhe encher o ego exaltado. No entanto, como titular das tropas, vinha de vez em quando me pôr mambos e fazer propostas, a que eu acedia com facilidade e sem qualquer acrimônia, desde que não aumentasse muito as despesas de funcionamento das forças armadas. Já não era a amizade e a cumplicidade de antes.

– É uma grande perda – disse Vidal. – Estamos lixados.

– Ele ia muito a uma casa de um beco aqui perto, de uma senhora muito reputada – disse o general-meu-kamba. – Estavam à espera dele. Emboscada bem executada.

O meu amigo-de-um-olho-só tinha sido morto, por isso não

estava ao meu lado para me informar dos acontecimentos recentes e dos planos de inimigos. Fácil de entender. Aquilo devia ser coisa dos seguidores do Porco-Espinho, a se vingarem do assassinato do chefe deles. E devem ter arregimentado a populaça para invadir o palácio e talvez chacinar o máximo de companheiros meus que puderem. A minha família deve estar em maus lençóis, só pode.

– Nunca chegaremos ao cemitério – de novo a voz do Vidal. – Conheço uma saída do salão. Vamos sair antes que consigam chegar aqui.

– As portas são resistentes e eles não vinham preparados – era a voz do Nhonho. – Devem andar à procura de ferramentas para as deitar abaixo. Talvez tenhamos tempo.

– Estamos fodidos! – gritou o Vidal. – A ele já ninguém pode fazer mal. Mas nós não nos safamos... Vamos!

– E deixamos o pai aqui nas mãos dessa gentinha?

A palanca negra disse qualquer coisa, que ouvi a sua voz, mas desconsegui de compreender. Devia ser para apoiar o Nhonho. O Vidal, afinal, desta vez debandava e me deixava para trás como um peso inútil. Sempre me defendeu desde a infância. Compreendi então sem estados de alma, o meu corpo morto não contava para nada. Ouvi claramente os gritos dos populares avançando, cada vez mais encorajados pela falta de resistência, não queremos o Vidal como presidente, abaixo os ladrões, fora com o Vidal, liberdade ou morte, morte para o Vidal, e outras palavras de ordem do mesmo gênero revolucionário. Pelos vistos, já tinham sabido que o escolhido pelo nosso grupo seria o Vidal e recusavam corruptos, seria essa a ideia da malta do Porco-Espinho incentivando a multidão.

– A mãe tem razão – ouvi o Nhonho. – Será sempre uma bandeira. Não podemos permitir que o levem pelas ruas como um troféu. Eu não deixo, a família não deixa.

O meu filho ao menos uma vez mostrava determinação. E ainda por cima em relação a mim. Não posso dizer que me tenha comovido, não sentia nada nem era altura para voltar a recuperar sentimentos e emoções. Começava a ouvir melhor apesar de cego, identificando mais pessoas. E onde andaria Mário Caio?

– Segurem nessas pegas, vamos levantar o caixão. E escapamos pela passagem que dá para a igreja.

Nhonho tomava conta das operações. O caixão abanava, como se fosse levado por gente a correr. Bateu contra uma parede, a palanca gritou, Cuidado!, era grande a confusão, gente a chorar e uma barulheira enorme, os revoltosos deviam estar a tentar derrubar as portas. Seria uma revolução militar? Não parecia, ausência de tiros.

O barulho diminuía com o afastamento mas não as sacudidelas, o que me levou a pensar que o caixão ia pelos corredores pouco iluminados que levavam à sala secreta da igreja antiga, perto do palácio. Dali era possível atingir o túnel antigo, dos tempos em que o sítio ostentava uma fortaleza e tinha a saída até às árvores e casas de trás. Inicialmente era uma espécie de túnel, depois disfarçado por paredes para parecer um corredor subterrâneo.

Diziam as más-línguas que foi construído no tempo em que um governador colonial, três séculos atrás, perdeu a mulher, continuamente ultrajada, a qual o abandonou às suas concubinas africanas, regressando à metrópole europeia. O governador era amigo do bispo que tinha ofício junto da igreja contígua ao palácio. Para um ou outro passarem e se juntarem às amantes em secretos mas fartos banquetes, terminados com verdadeiros bacanais, o túnel tinha sido escavado. Terá também servido mais tarde para fugas de militares em serviço mas embaraçados por escândalos, ou de chefes impotentes perante inimigos. Enfim, todo o palácio que se preze deve ter uma via de escape desse gênero, normalmente desembocando em igrejas, para melhor se camuflar o objetivo último, bazar.

As pessoas que seguravam o caixão resfolegavam e faziam barulhos de esforço. Ninguém falava. Os grunhidos não deixavam adivinhar quem eram os carregadores, mas certamente Nhonho estava entre eles. E a palanca e seus filhos. Para onde iriam? Enterrar o corpo no primeiro sítio ou apenas escondê-lo. Para que os amotinados não fizessem do meu cadáver uma bandeira, como alguém disse, suponho ter sido a palanca. Nhonho, que sempre lhe chamou mãe, como antes chamava a Efigénia, repetiu de forma a eu ter ouvido. O Vidal vinha conosco? Certamente, apesar da sua reação inicial. Se quisessem sangue, os revoltosos não o iam poupar. Talvez o Mário Caio voltasse a se fardar de general e segurasse a tropa. Com ela, dominava a situação. Seria a minha sugestão, mas deixara de poder fazer compreender as minhas ideias, morto o meu espião preferido.

Pararam as sacudidelas. Devem ter pousado o caixão no terreno. Se bem me lembro, perto estaria a lixeira. Discutimos bastante a necessidade de tirar a lixeira dali, demasiado perto do centro do poder, uma vergonha e a prova de que pouco nos interessávamos pelo meio ambiente. Mas havia sempre dificuldades de última hora, constrangimentos, e por mais que os ministros discutissem de como e quando fazer, outros assuntos nos distraíam e a lixeira permanecia no mesmo sítio. Foi crescendo, se tornou na maior montanha da região, atingia já uma altura superior a qualquer prédio e se estendia por uma extensão equivalente a vários bairros. O lixo se misturava com a água dos pântanos, o cheiro devia ser sufocante. Havia derrocadas frequentes, e quando isso acontecia, sobretudo por causa da chuva, havia sempre vidas a lamentar. Lamentavam as famílias e nós, as eternas vítimas dos jornalistas, criticando-nos pela ineficácia. Quem mais se importava com catadores de lixo? Nunca me aproximei muito e portanto não reconheço o cheiro. Felizmente, com o caixão pregado, ou foi antes, não recordo, perdi grande parte do olfato. No momento me favorece.

Vão deixar o meu caixão no meio daquela porcaria?

Sinto de fato barulho de coisas a bater na tampa. Pensando bem, é um bom sítio para esconder um cadáver, mesmo que só por uns dias, até as coisas acalmarem. Pelo menos não se nota o mau cheiro provocado pela corrupção do corpo, porque o fedor ambiente envolve tudo. Se for um caixão com muito lixo por cima, só se notará quando resolverem acabar com a lixeira, o que não será na próxima geração. A menos que a situação do momento melhore muito para os nossos e retomem a ideia de um funeral de Estado. Então recuperam o caixão e tudo se resolve.

Percebi pelo grito súbito e os ditos dos salvadores que uma senhora se tinha afundado no esterco pútrido e os outros a puxaram para cima, com o vestido negro todo molhado e emporcalhado. Isto já sou eu a imaginar.

À medida que as coisas eram atiradas para cima do caixão, ouvia cada vez menos o que se passava, como uma trovoada que se vai afastando.

– Ainda mais um bocado para os miúdos que aqui procuram comida não o encontrarem – era indubitavelmente a voz da minha bela palanca.

A última voz que ouvi.

Vão me enterrar numa lixeira. Um presidente soterrado por lixo, deve ser uma metáfora que não entendo, com as faculdades já diminuídas.

Mas adivinho as piadas a surgir se me descobrirem o caixão aqui no meio da merda. O que pode acontecer por causa do desespero. Ninguém sabe quanto cava uma pessoa quase morta de fome e que espera encontrar qualquer coisa para comer, mesmo podre, ou para vender, mesmo estragada. Algum jornal satírico põe logo em título: "Presidente enlixado", o que deve ter mesmo piada, porque não estou propriamente enterrado, mas sim, enlixado mesmo. E bem lixado. Talvez não tenha sido a melhor ideia dos meus familiares e amigos, mas até compreendo, a rapidez da manobra não permitia olhar ao sítio, este era o melhor entre os próximos. Ou o menos mau. Como se tivessem a intenção de me impedirem de pensar com os meus botões de punho em ouro puro, atiraram mais entulho para cima, o qual foi abafando todo o som do mundo vivo e do inerte, se este tem alguma voz.

O manto de silêncio me cobria finalmente.

Tentei enganar o destino, como tantas vezes fizera numa vida de aventuras e enganos, cantarolando a marcha militar que tinham decidido ser a melodia a acompanhar o funeral, sobretudo quando o corpo descesse à cova. As palavras e a música estavam na minha mente,

*Acertem as miras
encham os carregadores
bala na câmara
apontem ao alvo
fogo!*

mas não ouvi nenhum som, nem o produzido por mim.
    Como saber o que se passava? Duvidava de ter a mesma sorte do governante virtuoso e o meu cazumbi poder sair para a luz e redescobrir o mundo. Os acasos não acontecem muitas vezes e estava mesmo convencido, nunca daria encontro com o fantasma dele para trocarmos impressões e informações úteis para a vida na outra dimensão. Bem queria acreditar em milagres, mas desconseguia. Nem reveria o fantasma-de-um-olho-só. Deixaria também de assistir às venturas e desventuras da minha família? Certamente. Quem ficaria no meu lugar? O Vidal? O Mário Caio? Outro qualquer? Os do oeste aproveitam o momento de caos e desorientação, invadem o território, o conquistam de vez como sempre sonharam? Que acontece com o país, as pessoas? Que acontece com o Mundo?
    Nenhuma resposta.
    Porra, agora sim, estou mesmo morto.

Luanda, março de 2018.

Glossário

B
banga/ bangão: categoria; prestígio; classe; vaidade.
bazar (v.): fugir precipitadamente; desaparecer; vazar.
bicha: fila.
boêlo/boelo: pessoa com pouca inteligência ou maturidade.
bófia: policial.
bué: muito.

C
cabola(s): pessoa insignificante.
cabuenha: peixe muito pequeno.
canuco: menino.
canvanza: confusão.
caporroto: aguardente caseiro.
(de) caxexe: escondidamente; disfarçadamente.
cazumbi: diminutivo de zumbi; espírito.
chuingas: goma de mascar.
chumbar: reprovar (ser reprovado).

F
fato: roupa; terno.
funje: mistura de água e farinha de milho e/ou mandioca que acompanha outros alimentos.

K
kamanguista: que faz garimpo ilegal de diamantes.
kamba: amigo.

kandengue: miúdo, criança.
kazukuta: confusão, zaragata; também pode ser música típica do Carnaval.
kibeto: luta, combate.
kilapi: empréstimo; crédito não cobrado.
kimbanda: feiticeiro; curandeiro.
kissonde: formiga branca; no Brasil é cupim.
komba: velório com respectivas comidas e bebidas; luto.
kota: mais velho, ancião.
kuduro: dança moderna angolana.
kumbú: dinheiro.
kuribota: pessoa metediça, intrometida.
kuzuo: preso.

L
liamba: marijuana; maconha.

M
mabeco: cão selvagem
malamba: dificuldade, tormento
mambo: assunto; questão.
masé: "mas é".
matumbo: ignorante; que vem do mato (ofensivo).
mboa: mulher.
mona: menino.
muata: chefe.
mujimbo: notícia transmitida pessoalmente; recentemente ganhou o sentido de boato.

N
njango: local tradicional de reunião das aldeias; construção de forma circular, sem paredes para o ar passar livremente. Coberto de folhas grandes de palmeira ou bananeira.

O
ondjiri: antílope de grande porte.

S
sukuama!: interjeição de admiração.

X
xinguilamentos: ritual em que o corpo treme, particularmente os ombros, até receber um espírito.

O autor

ARTUR CARLOS MAURÍCIO PESTANA DOS SANTOS nasceu em Benguela, Angola, em 1941, onde fez o Ensino Secundário. Iniciou os estudos na Universidade em Lisboa, em 1958. Por razões políticas, em 1962 saiu de Portugal para Paris, e seis meses depois foi para a Argélia, onde se licenciou em Sociologia e trabalhou na representação do MPLA (Movimento Popular de Libertação de Angola) e no Centro de Estudos Angolanos, que ajudou a criar.

Em 1969, foi chamado para participar diretamente na luta de libertação angolana, em Cabinda, quando adotou o nome de guerra de **PEPETELA**, que mais tarde utilizaria como pseudônimo literário. Em Cabinda foi simultaneamente guerrilheiro e responsável no setor da educação.

Em 1972, foi transferido para a Frente Leste de Angola, onde desempenhou a mesma atividade até o acordo de paz de 1974 com o governo português.

Em novembro de 1974, integrou a primeira delegação do MPLA, que se fixou em Luanda, desempenhando os cargos de Diretor do Departamento de Educação e Cultura e do Departamento de Orientação Política.

Em 1975, até a independência de Angola, foi membro do Estado Maior da Frente Centro das FAPLA (Forças Armadas Populares de Libertação de Angola) e participou na fundação da União de Escritores Angolanos.

De 1976 a 1982, foi vice-ministro da Educação. Lecionou Sociologia na Universidade Agostinho Neto, em Luanda, até 2008. Desempenhou cargos diretivos na União de Escritores Angolanos. Foi Presidente da Assembleia Geral da Associação Cultural "Chá de Caxinde" e da Sociedade de Sociólogos Angolanos. Em 2016, foi eleito Presidente da Mesa da Assembleia Geral da Academia

Angolana de Letras, de que é membro-fundador. É membro da Academia de Ciências de Lisboa.

Sua Excelência, de corpo presente, sua mais recente obra, é o terceiro livro do autor que a Kapulana lança no Brasil. A editora publicou em 2019 *O cão e os caluandas* e *O quase fim do mundo*.

Obras do autor

1973 – *As aventuras de Ngunga*.
1978 – *Muana Puó*.
1979 – *A revolta da casa dos ídolos*.
1980 – *Mayombe*.
1985 – *Yaka*.
1985 – *O cão e os caluandas*. (Ed. Kapulana, 2019)
1989 – *Lueji*.
1990 – *Luandando*.
1992 – *A geração da utopia*.
1995 – *O desejo de Kianda*.
1996 – *Parábola do cágado velho*.
1997 – *A gloriosa família*.
2000 – *A montanha da água lilás*.
2001 – *Jaime Bunda, agente secreto*.
2003 – *Jaime Bunda e a morte do americano*.
2005 – *Predadores*.
2007 – *O terrorista de Berkeley, Califórnia*.
2008 – *O quase fim do mundo*. (Ed. Kapulana, 2019)
2008 – *Contos de morte*.
2009 – *O planalto e a estepe*.
2011 – *Crónicas com fundo de guerra*.
2011 – *A sul. O sombreiro*.
2013 – *O tímido e as mulheres*.
2016 – *Como se o passado não tivesse asas*.
2018 – *Sua Excelência, de corpo presente*. (Ed. Kapulana, 2020)

Prêmios

1980 – Prémio Nacional de Literatura, pelo livro *Mayombe*.
1985 – Prémio Nacional de Literatura, pelo livro *Yaka*.
1993 – Prêmio especial dos críticos de arte de São Paulo (Brasil), pelo livro *A geração da utopia*.
1997 – Prêmio Camões, pelo conjunto da obra.
1999 – Prêmio Prinz Claus (Holanda), pelo conjunto da obra.
2002 – Prémio Nacional de Cultura e Artes, pelo conjunto da obra.
2007 – Prémio Internacional da Associação dos Escritores Galegos (Espanha).
2014 – Prémio do Pen da Galiza "Rosália de Castro".
2015 – Prêmio Fonlon-Nichols Award da ALA (*African Literature Association*).
2019 – Prêmio Oceanos 2019 – finalista com o romance *Sua Excelência, de corpo presente*.
2020 – Prémio Literário Casino da Póvoa – 21a. ed. do Festival Correntes d'Escritas, pelo romance *Sua Excelência, de corpo presente*.

Destaques

1985 – Medalha de Mérito de Combatente da Libertação pelo MPLA.
1999 – Medalha de Mérito Cívico da Cidade de Luanda .
2003 – Ordem de Rio Branco, da República do Brasil, grau de Oficial.
2005 – Medalha do Mérito Cívico pela República de Angola.
2006 – Ordem do Mérito Cultural da República do Brasil, grau de Comendador.
2007 – Nomeado pelo Governo Angolano Embaixador da Boa Vontade para a Desminagem e Apoio às Vítimas de Minas.
2010 – Doutor *Honoris Causa* pela Universidade do Algarve (Portugal).

fontes	Gandhi Serif (Librerias Gandhi)
	Montserrat (Julieta Ulanovsky)
papel	Pólen Soft 80 g/m²
impressão	BMF Gráfica